내 마지막 몸무게

1.8kg

내 마지막 몸무게

1.8kg

이형순 장편소설

답

차례

백치

오늘이 며칠인지 알 수 없다.

몇 시인지도 가늠할 수 없다.

거실 창에 어둠이 바짝 붙어 있다. 달을 볼 수 있는 시간의 길목일까? 아니면 태양이 뜨려는 여명인 걸까?

어두움과 밝음의 경계에서 서성이지만 구태여 알고자 함을 사양하는, 무신경해지는 이 백치의 상태가 좋다.

눈을 뜬 사티는 거실 바닥에서 등을 떼고 일어났다. 냉장고 문을 열었다. 새 술병이 보이지 않는다.

이런 빌어먹을!

싱크대 아래 세워져 있던 재활용 봉투를 발로 밀었다. 한때 알코올이 머물렀던 갖가지 빈 용기들이 몸 부딪는 소리를 내며 요란하게 쓰러졌다. 기묘하게 생긴 것들이 제 몸의 진액을 다 빨아버린 사람을 향해 앙탈 부리듯 흩어진다. 원통의 맥주 캔들과 진초록의 긴 주둥이를 가진 와인병. 늘 처음처럼 살고 싶지만, 어김없이 어제처럼 살게 만드는 소주병.

사티는 그중에 음흉한 도덕 선생님을 닮은 처음처럼만 발바닥으로 살살 골라냈다. 잠들기 전까지 여자의 몸을 금치산자가 되도록 유린했음에도 어느새 근엄한 얼굴이 되어 처음처럼 살라고 삶을 가르치려 든다.

사티는 처음처럼의 주둥이를 발바닥 뒤꿈치로 힘껏 차버렸다. 소주병은 김연아의 싯 스핀처럼 맹렬히 돌다가 식탁 다리에 부딪혔다.

일상의 면상을 짓뭉개는 파열음.

깨진 주둥이 부분이 거세된 사내의 물건이 되어 꺼떡거린다. 사티의 염통에서 새어 나온 웃음이 툭툭 굴러떨어졌다. 웃음이 잦아들자 백치의 머리를 뚫고 누군가와 하찮은 이야기라도 하고 싶다는 충동이, 동시에 '처음'이라는 글자가 푹 찔러오는 환기된 자책감이 머리를 든다. 이놈의…죽이고 싶은, 죽어주지 않는 삶의 질긴 발정….

사티는 재활용 봉투에서 쏟아진 용기들을 다시 발로 헤집었다. 찌그러진 빈 캔을 주워들었다. 혓바닥에 대고 탈탈 털어본다. 두어 방울. 빈 와인병을 다시 들어 혀 위에 꼿꼿이 세워 흔들어 본다. 역시 앞니 두 개 이상을 적시지 못했다.

술이 없다.

불안과 초조함이 찰랑거린다.

슈퍼를 가야 하나?

두렵다.

술을 달라고 몸이 악을 쓰기 시작한다. 사티는 술에 젖고 싶은 몸뚱이에 저항할 수 없다는 사실을 잘 안다. 무릎걸음으로 기어서 휴대폰을 찾아보았다. 술을 마시면 휴대폰은 늘 행방불명이다. 인터넷 전화를 켜서 시간을 봤다. 다행히 태양 쪽으로 길이 난 시간대다. 다행이다. 그러나 이 이른 시간에 슈퍼는 문을 열지 않는다.

사티는 양손을 맞잡고 초조하게 손을 비벼댔다. 어서 빨리 이 끔찍한 기분에서 벗어나야 할 텐데….

아! 짧은 단말마를 내뱉고는 용수철이 튀듯 쏜살같이 싱크대로 향했다. 싱크대 문을 잡고 기도하는 심정으로 심호흡을 했다. 싱크대 문을 벌컥 열어젖혔다.

술

요리 양념으로 쓰려던 소주. 그것도 용케 반병이나 남아있다. 사티는 하늘에 감사했다. 깊이 눌려있던 숨이 절로 토해졌다. 소주가 자신의 혀를 유린하고, 겁간하려고 달려들기라도 한다면 기꺼이, 아주 기껍게 한 모금을 위해 품을 열어 주리라.

사티는 술병을 주유기처럼 입술에 척, 걸쳤다. 하늘을 향해 고개를 꺾어 알코올을 주유한다.

하!

소주는 빈속을 샅샅이 훑고 내려간다.

알코올의 화학작용으로 가늘고 날카로운 별세계의 의

식 하나, 둥둥 뜬다. 사티의 것인지 신의 조화인지 모를 심플하고 맹렬한, 칼 같은 의식 줄기가 살아난다. 두터운 갖가지 상념의 포장 속에서 이름 없는 묘한 그것만이 선명하다. 잡을 수도 없고 설명할 수도 없는, 알 수 없는 그놈만이 오롯하게 드러나니 잡스러운 망념의 껍데기들은 어느새 떨어져 나가 버린다.

살 것 같다.

이제 숨을 쉬어야 한다는 것 이외에는 아무런 장애물도 없다. 축 처진 날개뼈만으로도 흐드득 흐드득…세상 밖으로 날아갈 수 있을 것 같다.

얄리 얄리 얄랑셩 얄라리 얄라~

갑작스러운 휴대폰 벨 소리가 흉기가 되어 심장을 날카롭게 헤집는다. 다시 상념이 의식의 주인이 된다. 두려워진다. 자신을 호출하는 창문 밖, 세상 소리가 불손하다.

책장 사이에서 칭얼대는 휴대폰을 찾아 액정의 붉은 동그라미를 밀고 소파 위로 던져버렸다.

위 두어렁셩 두어렁셩 다링디리~

그러나 곧바로 거실 탁자 위에 인터넷 전화벨 소리가 또 다른 음을 연주했다. 기운이 없던 사티는 눈을 감아버렸다. 한참을 되돌이표로 연주하던 인터넷 전화벨 소리가 멈췄다.

사티는 보채는 벨 소리가 혐오스러웠지만, 소음으로 멋대로 휘저어진 공간이 순식간에 단절되자 오히려 불쾌한 마음이 스쳤다. 사티는 꿀꺽, 소리 나게 소주를 삼키고는 내던져 버렸던 휴대폰을 집어 들었다. 부재중 전화를 확인했다. 드라마국 조감독 알도였다. 그 순간, 다시 그가 호출하는 휴대폰 벨 소리가 손아귀에서 자지러지게 울어댔다. 오른손 검지가 푸른색 통화 버튼에서 서성였다. 바닥에 휴대폰을 내팽개쳐버리기엔 이미 알코올에 몸뚱이가 처덕처덕 젖어있었다.

"여보세요. 작가님?"

알도의 목소리였다. 사티는 술 취한 발음이 새지 않게 하려고 혀를 힘껏 내밀어 허공에 대고, 두어 바퀴 휘저었다. 소리 없이 입술 근육을 씰룩여 보고는 입을 열었다.

"태양도 아직 안 떴는데 웬일이죠?"

"술 마셨습니까? 술 안 취한 목소리인 거 보니 술 먹은 거 맞지요?"

알도의 목소리는 친근함을 과장하는 쾌활한 말투였

지만, 왠지 물기에 젖은 느낌이었다. 술에 취해서 그렇게 들리는 거겠지? 사티의 관심은 다시 남은 술로 향했다. 사티는 고개를 외로 꼬아 얼마 남지 않은 술을 혀에 적셨다. 소주라고 불리는 황금보다 귀한 액체는 얼마 남지 않았다. 채 두 모금이 되지 않았다. 우울한 불안감이 몰려왔다.

"작가님은 말짱할 때가 제대로 술 취한 상태라는 거 모르세요? 진짜 말짱할 때는 살짝 술 한잔한 억양이고…."

밉다. 이 인간. 원고를 독촉하느라 이 집을 몇 차례 드나들더니 자꾸 살가워지려 한다. 시간이 좀 더 지나면 침대를 함께 쓰자고 할 위인이다.

"조감독님 저 술 안 먹었거든요? 내가 지금 술 먹을 땝니까?"

사티는 짐짓 꼬장꼬장한 목소리를 지어냈다. 둘 사이에 대화가 잠시 끊겼다. 사티는 그 틈을 타 팔을 뻗어 휴대폰을 멀리하고, 남아있던 한 모금을 다시 입속에 털어넣었다.

꾸울꺽

술이 목젖을 타 넘는 소리가 들렸을까? 수화기에서 알

도의 목소리인지, 환청인지 모를 목소리가 사티의 귀에 꽂혔다.

'당신 죽어요! 9일 후에!'

그 목소리는 곧 울음이 터질 것 같이 격앙되어 있었다.

"누가요? 내가요? 조감독님이요?"

사티의 입에서 반사적으로 말이 튀어 나갔다.

"제발 시간 낭비하지 말아요!"

알도의 말은 뜬금없었지만 무시하기엔 절박함이 묻어 있었다.

내가 죽는다고? 이 인간은 대체 무슨 확신으로 저런 말을 지껄이는 걸까?

지금, 술에 함빡 젖어있는 사티의 기분으로써는 모든 상황이 비극 아니면 희극이다. 좌 아니면 우이다. 감정은 과잉되고 세상일은 시시껄렁하게 보였다.

사티는 워낙 황당해 감정의 분수령에서 서성이던 알도의 말을 우편, 다시 말해 희극 쪽으로 슬쩍 밀었다. 감정이 우편으로 쏠린 사티의 입에서 곧장 헛웃음이 터졌다.

"재밌네? 당장 내일도 아니고 아직도 9일씩이나?"

사티는 남 이야기하듯 실없는 대사를 읊고는 휴대폰의 전원을 꺼버렸다.

위 두어렁셩 두어렁셩 다링디리~

하지만 벨 소리는 지겹게 또 울렸다. 인터넷 전화였다.

이 미친 인간이 증말!

사티가 인터넷 전화마저 전원을 끄려는 순간, 액정에 연이어 보내온 알도의 문자가 꿈틀거렸다.

내 말을 믿어야 합니다

당싢을 볼 수 있는 시간이 얼마 남지 않왕어요

당신 없이 어떻게 삽니까

몬 잊겠습니다

사티는 맥없이 소파에 주저앉았다. 전원을 끌까 봐 허겁지겁 전해온 말 부스러기들. 그런데 갑자기 이 인간이 왜 이리 검질기게 구는지 알 수 없다.

상념을 잠재우기 위해 연말부터 마신 며칠간의 술이 거꾸로 올라왔다.

휴대폰을 켰다. 오늘이 1월 3일? 원고가 늦어진다고 이런 장난질로 수모를 주는 것인가?

사티는 갈증이 더 심해졌다. 마른 혀로 건조한 입술을 훑어보았다. 얼마 남지 않았다는 자신의 목숨 타령보다 반 모금밖에 안 남은 술이 훨씬 더 절박하고 눈물이 날 지경이다.

사티는 마지막 반 모금의 술을 마저 입에 털어 넣었다. 차마 아까워 한꺼번에 넘기지 못하고, 입속에서 꿀렁꿀렁 굴려 가며 찬찬히 음미했다. 아쉽게도 반 모금은 겨우 혀뿌리를 적시는 정도였다.

사티는 양념 술의 병 입구를 혀에 직각으로 대고 위아래로 탁탁 털어보았다. 더는 한 방울도 흐르지 않는다. 다시 혀가 마른다. 깔깔하게 말라비틀어져 가는 세상이 두려워지려 한다. 지금 이 상태라면 9일 남았다는 살아있는 날 중에서, 한 일주일 뚝 떼어 술 한 병과 얼마든지 바꿀 수 있을 것 같았다.

옥춘 사탕

사티.

그녀의 시신은 운구대차에 실려 화장장 고별실에 잠시 머물렀다. 동료 작가와 지인들 몇, 그리고 알도가 유족의 전부였다. 어느 요양원에서 치매를 앓고 계신다는 아버지와 캐나다에 사는 오빠는 올 수 없었다. 어머니는 사티가 철이 들기도 전에 돌아가셨고, 오빠는 먼 나라에서 병고에 시달리고 있었다.

화장장은 육신의 마지막 문이기도 했지만, 또 다른 별세계로 가는 첫 문이기도 하다. 사티는 그 시작과 끝이

한 몸으로 맞물린 문 앞에 서 있다.

고별실에서 일별한 사티의 육신은 곧바로 화구로 들어갔다. 1,000도의 불꽃이 뿜어져 나와 그녀의 몸뚱이를 녹였다.

상실喪失.

알도는 상실의 깊은 의미를 느꼈다. 어떤 것이 완전히 없어지거나 사라진다는 것이 무슨 의미인지 실감하였다. 다시 되돌릴 수 없는 '완전히 없어짐'의 의미는 되새길수록 허망했다. 허공에 발을 디디고 오르려는 허허방방한 막막함이었다.

알도는 화장로 바깥 의자에 앉아 LED 전광판을 바라보았다. '화장 중'이라는 글자가 한 치의 오차 없이 일사불란하게 전광판을 오갔다.

그녀는 육탈 중이다. 극심한 고온의 불꽃을 깔고 누워 눅진하게 녹아내리고 있다. 지상에서 요긴하게 사용했던 육신을 이승이라는 공간에서 떼어내기 위해, 뼈에서 미련과 애착을 벗겨내는 중이다.

100분.

그녀의 살 옷을 벗겨내는 데 걸린 시간이다.

모니터에는 화장로의 문이 열리고 화부가 빗자루와 쓰레받기로 사티의 뼈를 쓸어 담는 모습이 다큐 필름처럼 중계되고 있었다.

잠시 후, 수골실 유리 너머에는 살 옷을 완전히 벗고, 엉성한 뼈로 남은 사티가 알도를 기다리고 있었다. 그렇게 한번 잡아보고 싶고, 안아보고 싶던 몸뚱이였다.

부드러운 살과 더운 피가 다 빠져나간 뼈.

쟁반에 담긴 저 잔해가 그토록 애태우게 했던 그녀의 전부란 말인가. 알도는 손바닥으로 자신의 눈두덩이를 아프게 쓸어내렸다.

두어 주먹의 누리끼리한 뼈로 남은 사티는 마지막 입자로 남기 위해 유골 분쇄기로 옮겨졌다.

드륵 드르르륵 드그르르륵….

뼈를 빻는 기계 소리가 무참하게 알도의 귀를 헤집었다. 기계는 인정사정없이 그녀의 몸을 갈아댔다. 그녀의 저항은 바람에 흔들리는 풀꽃보다 연약했다.

알도는 사티에게 사랑한다는 말을 전하지 못했다. 닳도록 진부한 그 흔한 한마디를 하지 못한 것을 생각하면 발등을 찧고 싶다. 어느 몸 한쪽을 떼어버리고 싶을 만큼의 자책감.

이렇게 갑자기 떠날 줄은 상상하지 못했다는 말은 TV에 나오는 타인들의 멘트인 줄 알았는데 이토록 황망하게 사라져버릴 줄은…. 해거름 저녁, 술래가 밥 먹으라는 엄마의 한마디에 뒤도 안 돌아보고 집으로 들어가 버린 뒤, 골목에 휑뎅그렁하게 혼자 남아버린 떫디떫은 쓸쓸함? 판 자체를 돌이킬 수 없는 무효로 만들어버린 후들거리는 야속함? 그 술래가 쏙, 들어가 버리고 닫아버린 대문을 쿵쿵 두드려 계속 술래를 해야 한다고, 고래고래 소리치고 싶은 얼떨떨한 분함?

알도는 사티가 집필하고 자신이 첫 연출하는 데뷔작의 특집극이 방영되는 첫날, 기뻐하는 그녀에게 참고 참았던 한숨을 토해내듯 그녀에 대한 감정을 고백이 아니라 실토할 계획이었다.

더는 숨길 수 없고, 견딜 수 없는 실토. 하지만 그 말을 할 단 5초는 영원히 주어지지 않게 돼버렸다. 한 여자에 대한 진심은 허망한 비눗방울 놀이가 돼버렸다.

이젠 돌이킬 수 없는 시간대에 서 있다.

알도는 자해하는 심정으로 사티의 육신이 흩어져가는 과정을 낱낱이 지켜보았다.

마지막으로 유골 분쇄기에서 나온 분말.

잿빛 분말이 알도의 손에 넘겨졌다.

1.8kg

종이컵 6개의 부피.

신생아 몸무게의 반.

사티는 그렇게 이 세상에서는 더 작아질 수 없는 무게로 남았다.

그녀는 첫울음을 터트리며 엄마의 태 밖으로 갓 나왔을 때보다 반이나 줄어버린 몸으로 또 다른 세상의 문을 열려 한다.

화부가 말했다.

"여자는 1.8kg. 남자는 여자보다 보통 500g쯤 더 나가죠. 2.3kg?"

알도는 화부에게서 받아 든 사티의 유해를 안고 가시리 화장장의 자연장 동산으로 향했다. 그곳은 골분을 안장하고, 그 위에 꽃을 심어 정원이 꾸며지는 공간이다.

꽃장.

사티는 꽃 중에서 가장 흔한 장미를 좋아했다. 많은 사람이 좋아하는 것에는 그만한 이유가 있다고 했다. 애써 흔한 것을 피해 희귀한 것을 좋아하지 말고, 오히려 흔한 것을 좋아할 줄 아는 것이 더 용감한 것이라던 사티. 그래서 자신은 꽃은 장미, 악기는 피아노, 빵은 단팥빵, 밥은 쌀밥, 술은 소주를 좋아한다고 했다. 하지만 남자만은 흔하지 않은 특별한 사람이어야 한다며 깔깔 웃었었다.

알도는 골분함을 들고 그녀가 쉴 자리에 섰다. 이제 알도의 손끝에서 사티의 흔적이 떠나면 영원히 사티는 만져지지 않을 것이다. 검은 눈동자로 다시는 그녀를 볼 수 없으리라. 알도는 그녀가 안식해야 할 구덩이를 내려다보았다.

심연.

다시는 빠져나올 수 없을 것 같은 진구렁이었다. 유골함을 그러쥔 손가락에 힘이 들어갔다. 알도가 허리를 굽혔다. 두 뼘 깊이의 땅속에 사티의 유해를 내려놓으려 했지만, 쉬이 손가락이 펴지지 않았다. 놓으면 이제, 분쇄돼 버린 뼈의 무게마저도 느낄 수 없게 된다. 알도는 마지막으로 그녀의 새털 같은 무게를 오래 기억하고 싶었다.

1.8kg.

집착도 갈애도 모두 벗겨낸 삶의 마지막 입자.

뒷산에서 발견한 길냥이가 낳은 어린 새끼 고양이를 안아 보았던 무게였고, 겨드랑이에 낀 두꺼운 책 한 권 정도의 희미한 자취.

알도는 그녀의 마지막 흔적을 심연의 중심에 내려놓았다.

그녀는 깊고 깊은 연못에 띄워놓은 한 장의 낙엽이었다. 그 낙엽 위로 천진한 햇살이 어린아이처럼 내려앉았다.

저마다의 표정을 가진 지인들이 한 사람씩 돌아가면서 한 주먹의 흙을 골분함 위에 흩뿌렸다. 흙이 사티를 덮을 때마다 햇살은 어둠에 묻히지 않으려고 발버둥 치지 않고, 마술처럼 훌쩍 흙을 타고 오르고, 또 타고 올라 사티를 끝까지 감싸주었다. 알도는 햇살에 절을 하고 싶어졌다. 죽은 후에 후회하는 문상객보다 언제고 이 시간이면 사티를 감싸줄 햇살이 더 눈물겨웠다.

이제 곧, 옥수수 전분으로 만들었다는 골분함도 햇살의 푸근함을 뒤로하고 잠시 심연에 머물다 흙으로 돌아갈 것이다. 그리고 사티의 흔적 위로 붉은 장미는 또 무심히 피어날 것이다. 붉었던 피는 꽃이 되고 따스했던 살결은 초록 잎이 되어 온기를 뿜어낼 것이다. 또 얼마간의 시간이 흐르면 붉고 푸르렀던 꽃잎마저 바스러지는 낙엽이 되어 속절없이 몸을 떨굴 것이다. 그리고 다시 흙으로 스밀 것이다.

어느 순간, 어느 형태도 멈추게 할 수 없는 무력감이 알도의 심장을 쿡쿡 쑤셔댔다. 햇살에게 사티를 부탁하는 일 이외에는 해 줄 수 있는 일이라고는 아무것도 없었다.

마지막으로 흙을 뿌리던 알도는 치밀어 오르는 굵은 통증 덩어리를 끝내 삼켜내지 못하고 흙바닥에 무릎을 꿇었다. 주체할 수 없는 눈물이 뚝뚝 흘러내렸다.

죽은 자들의 동산에서 부는 바람은 언제나 군더더기가 없고 선뜩하다. 비애에게 말을 건다.

"골분 한 줌만 가져와 보겠소?"

알도의 머리카락이 찬바람에 휘날렸다. 바람결을 타고 온 전언을 알아듣지 못한 채, 눈물이 그렁한 눈으로 뒤돌아보았다. 바람의 말을 전한 사람은 가시리 동산을 청소하는 노인이었다. 알도만 들을 수 있는 나직한 소리로 말을 건넨 노인은 산불 조심이라는 글자가 선명히 박힌 빨간 모자를 쓰고 있었다.

"네?"

"골분 말이오. 떠난 사람을 다시 한번 만나보고 싶다면 내 말대로 해 보시우."

낮게 깔린 목소리의 노인은 대답도 듣지 않고 대빗자루를 어깨에 걸쳐 든 채 멀찌감치 멀어져갔다. 알도는 이미 검붉은 흙의 장막을 덮어써버린 사티의 자리와 노인의 뒷모습을 번갈아 쳐다보았다.

알도는 화장장 입구에서 장례식에 참석한 지인들과 작별 인사를 나누었다. 인사를 나누면서도 노인의 말이 악착같이 귀에 들러붙어 떨어지질 않았다.

'다시 한번 만나보고 싶다면…다시 한번…다시 한번….'

노인에게 속는 걸까? 하지만 뿌리칠 수 없는 유혹이었

다. 만약 그 노인의 말을 믿는다면 사티 위에 덮인 흙을 다시 파헤치고, 그녀의 일부분을 들어내야 한다. 알도는 머리를 절레절레 흔들었다. 그렇지만 사기꾼이 매력적인 건 불가능한 일을 어린아이의 자세로 아주 쉽게 이룰 것처럼 제안하기 때문이고, 모범생이 지루한 건 실현 가능한 일을 갖가지 위험 요소를 들어 어렵게 보이게 만들기 때문 아닌가.

알도의 발걸음은 어느새 사티가 잠든 그곳으로 옮겨 가고 있었다. 참을 수 없는 어떤 기운이 몸뚱이를 싣고 움직였다. 발은 엉키지 않는다. 이것은 발이 알아서 가는 것이지 어떤 이성적 판단이나 의지로 가는 것이 아니다.

다시 장지에 도착한 알도는 주변을 돌아보았다. 얼마 떨어지지 않은 곳에서 노인은 대리석 바닥을 쓸고 있었다.

"정말…다시 볼 수 있다는 말입니까?"

고개를 든 노인과 알도의 눈이 마주쳤다. 노인의 눈동자는 그 깊이를 가늠할 수 없는 새카만 점칠 이었고, 맺힌 듯한 동공은 서늘했다. 가늘면서도 하염없이 긴 장강의 눈매를 가진 노인은 태연하게 고개를 끄덕였다. 의심 섞인 알도의 불안한 지류의 물줄기는 이미 장강의 도도한 흐름에 압도되어 합류될 수밖에 없었다.

알도는 채 마르지도 않은 벌건 흙 앞에 털썩 주저앉았다. 선뜻 흙에 손을 댈 수가 없었다. 알도는 무거운 마음을 가누기 위해 고개를 꺾어 파란 하늘을 올려다보았다. 숨막히게 펼쳐진 하늘을 보던 알도의 눈이 갑자기 커졌다.

물고기.

그것은 분명 한 마리 물고기였다. 지느러미를 활짝 펼친 금속의 물고기가 유유히 헤엄을 치고 있었다. 물고기는 육중한 소리를 내지르며 파란 바다를 가로지르는 중이었다. 지상에 뿌리내려야 할 바다는 하늘에도 있었다. 그렇다면 아주 깊은 바다에는 유연한 지느러미를 가진 하늘의 비행기들이 유영하고 있을지도 모른다.

파란 하늘에서 물고기가 헤엄치듯 지금, 이 순간 세상과 이별해버린 사티가 사무치게 그립다. 그것뿐이다. 사티와 함께 하늘에서 헤엄을 치고 싶다. 파란 바다에서 그녀와 날갯짓하고 싶다. 이 마음을 전해야 한다.

알도는 두 손으로 흙을 파 내려가기 시작했다. 손톱 밑으로 흙이 파고들었다. 손톱 속살에 이물스러운 통증이 인다. 아프다기보다는 이질감에 가까운, 손톱의 속살과 파고드는 흙이 섞이기 싫은 이물의 통증. 이승과 저승도 서로 섞이기 싫어하는 이물이다. 그러나 그 경계를 타

넘으려 한다.

만에 하나 사티를 다시 만나게 된다 해도 놀랄 일이 아니다. 이곳은 삶과 죽음의 이물, 극에 달한 눈물과 회한의 에너지가 춤을 추는 곳이다.

알도는 주위를 둘러보았다. 울타리 역할을 해주는 측백나무 곁에 버려진 나무젓가락 한 쌍이 눈에 띄었다. 아마 인부들이 자리를 만들 때 흙 속에 파묻혀 있던 것을 치워낸 것이리라. 알도는 나무젓가락을 짧게 움켜쥐고 흙을 다시 파 내려갔다. 하지만 두어 번 흙을 찍어 내려가자 나무젓가락은 힘없이 부러져버렸다. 플라스틱 젓가락이었으면 이렇게 쉽게 부러지지는 않았을 것이라고 알도는 생각했다.

알도는 다시 맨손으로 흙을 계속 파 내려갔다. 손톱이 부서진다 해도, 미친 희망의 불씨라 할지라도, 다시 한번 지난날을 되돌릴 수만 있다면!

지금, 사티에게 못다 한 말을 전하러 가는 중이다.

가시리 동산 한편에 있는 노인의 움막은 창고나 다름없었다. 마포 걸레와 갖가지 크기의 빗자루, 대형 집게가 한쪽 벽면에 걸려 있었고, 청소 도구 맞은편에는 간이 침대와 싱크대가 초라하게 자리하고 있었다. 싱크대에는 먹다 남은 시루떡과 화장장에서 구했을 제사음식이 여기저기 널려있었다. 특히 젤리와 알록달록한 옥춘사탕이 수북이 쌓여있었다. 어린 시절 옥춘사탕을 먹느라 입가를 벌겋게 물들였던 때가 떠올랐다.

아무리 빨아먹어도 잘 닳지 않던 사탕.

옥춘사탕에 새겨져 있는 뱅글뱅글 돌고 있는 바람개비 무늬가 마치 눈앞에서 맴을 돌 듯 어지럽게 느껴졌다.

"옥춘이 하나 먹어 보려나?"

노인의 권유에 알도는 씩 웃고 말았다.

옥춘이는 티베트의 가장 높고 신성한 자리에서 나부끼는 알록달록한 오색 깃발 타르초를 닮았다. 타르초의 파란색은 하늘이며 노란색은 땅, 그리고 빨간색은 불, 흰색은 구름이고 초록색은 바다를 뜻한다. 만물의 생기를 품고 있다고 할까? 바람이 불어 타르초가 맹렬히 나부끼면 사람들은 바람이 경전을 읽는 중이라고 말한다. 바람의 목소리로 경을 읽어 사람들의 소망을 이루어지게 해주는 타르초에는 인간들의 오랜 염원이 진하게 배어있다. 타르초의 색깔을 온몸에 새기고 있는 옥춘이도 눈으로도 먹을 수 있는, 기묘한 식욕을 당기게 하는 그런 사탕이다. 울긋불긋한 색감과 소용돌이 문양은 산 자와 죽은 자가 모여 벌이는 제의祭儀라는 파티에서 흥을 한껏 돋우어 주는 유머를 발산한다.

초라한 움막 한가운데에는 팽나무 탁자만이 위풍당당하게 놓여있었다. 그나마 유일하게 노인의 공간에 안정감을 주는 가재도구였다. 노인은 자연목 그대로를 살린 2m 길이의 팽나무 탁자를 쓰다듬으며, 역시 팽나무로 만든 앉은뱅이 의자에 앉아 입을 열었다.

"아주 오래전에 큰 산에서 거대한 폭발이 있었지. 산은 불바다였고, 낮은 밤처럼 캄캄했어. 비 오듯 바위가 쏟아져 내렸지. 붉고 뜨거운 흙탕물은 길 위에 차고 넘쳤고, 그해 여름은 산에서 폭설처럼 쏟아져 내린 잿빛 눈덩이에 모조리 잡아먹혀 버리고 말았어."

노인은 바로 어제 일이나 되는 것처럼 가는 눈을 더욱 가늘게 뜨고 이야기를 이어갔다.

"여름이 죽어버린 그해에 살아있는 모든 것들은 다 미쳐 돌아갔지. 살아남기 위해 수상스러워져야 했어. 이놈도 붉은 물에 뿌리를 다쳤지만, 숨 막히는 화산재 폭풍 속에서도 살굿빛 노을이 만들어주는 습기를 꾸역꾸역 핥아가며 용케 살아남았지."

노인은 팽나무 탁자에 코를 대고 킁킁거리더니 미소를 지었다. 353년 전의 화산재 향기가 지금까지도 배어 있다며 흡족해했다. 얼굴에 번지는 미소는 마치 오래전, 고향의 특별한 맛을 자랑스러워하는 흐뭇함이었다.

팽나무 탁자 위에 놓인 한 줌 분량의 사티.

그렇게 사티는 다시 알도 앞에 존재했다.

"유달리 슬퍼 보이더구먼. 무엇이 그리도 슬프던가?"

"……."

"묻는 내가 바보겠지. 여기서 오래 청소를 하다 보니 절로 뵈는 게 있어. 망자를 위해 다들 눈물을 흘린다지만, 게 중에서도 유난히 슬퍼하는 사람이 눈에 띄어. 꼭 제 몸이 부서진 것처럼 괴로워하지."

"……."

"가장 슬퍼하는 사람이 망자를 가장 만나고 싶어 하는 사람 아니겠는가?"

"…그녀를 꼭 다시 한번 만나고 싶습니다."

노인은 주섬주섬 일어나 싱크대 쪽으로 향했다. 싱크

대 서랍을 열고 조악한 양철함을 꺼냈다. 양철함 겉면에는 불을 뿜고 있는 거대한 산과 COREA라는 글자가 새겨져 있었다. 칠이 군데군데 벗겨져 있었고, 조잡해 보여 한눈에도 오랜 세월을 견딘 함이라는 것이 느껴졌다. 물 주전자에서 물이 끓었다. 노인은 양철함에서 꺼낸 마른 찻잎을 컵에 한 움큼 집어넣고는 뜨거운 물을 부었다. 그리고 역시 양철함 안 귀퉁이에서 엄지손가락 한마디만 한 구슬을 꺼내 들었다. 노인은 익숙한 솜씨로 구슬을 찻잔에 빠트렸다. 포롱~ 경쾌한 소리와 함께 구슬은 찻잔 속으로 사라졌다.

"향기가 독특한데요?"

"아직 화산재 향기가 싸아~ 하지?"

"구슬처럼 생긴 건…각설탕 같은 건가요?"

"거대한 폭발이 나기 2년 전, 제주에서 표류했던 하멜이라던가…그 이하고 그 친구 7명이 여수에서 도망을 쳤지. 도망친 7명 중에 상선을 타고 평생을 떠돌던 키가 젤로 작은 친구가 있었어. 그 난쟁이 친구가 울퉁불퉁 못생긴 진주들을 여기에 남겼지…바로크 진주라고 한다지? 찻잎에 이 바로크 진주를 떨어트리면 묘용을 경험할 수 있어. 이 찻잎은 화산이라는 불기운을 잔뜩 머금어 양기가 충만하고, 이 못생긴 바로크 진주는 긴 세월 바다의 음기로 결정되었으니 극강의 양과 음이 부딪쳐 묘용을 낼 수밖에…. 아, 그리고 그 시절 그 난쟁이 친구가 바로크 진주를 가져온 나라에서는 곧 골분이 될 해골을 아주 가까이했지. 그 시대는 살아있는 시간이라는 게 참 짧다는 것을 절감하며 살았어. 물론 나 또한 해골을 늘 보게 되니까 그 사실을 아주 깊이 실감할 수밖에…어쨌든 나도 이 차를 즐겨 마신다네."

알도는 노인의 말에 관해서는 판단을 보류하기로 했다. 대꾸 대신 노인이 지었던 미소를 닮은 표정을 지어 보였다.

알도 앞에 찻잔이 놓였다. 김이 포시시 피어올랐다. 뜨거운 찻잔이 팽나무에 스민 화산재 향기를 데워주고, 찻잔 속에 찻잎 또한 화산재 향기를 토해냈다. 독특한 향내가 파문을 그리며 공간으로 퍼져 나갔다.

"그러니깐두루 이것을…."

노인은 탁자 한쪽에 있던 사티의 골분이 담긴 종지 그릇을 들더니, 미처 말릴 새도 없이 골분을 찻잔 속으로 탁, 털어 넣었다.

"쭉 마시게"

"네?"

알도는 순식간에 일어난 일이라 당황스러웠다.

"그러니깐두루 이것을 마시면 자네가 가장 그리워하는 사람과 동기감응同氣感應이 될 것이네. 의식을 넘어선 곳에서 꿈틀거림이 생기지."

"이걸 정말 마시라고요?"

알도는 잠시 머뭇거렸다. 장강의 눈매를 가진 노인의 확신에 찬 눈동자를 바로 보지 못했다. 시선을 둘 곳을 찾던 알도의 눈길이 옥춘사탕에 머물렀다. 여전히 붉은 옥춘사탕의 바람개비는 바람의 경전을 읽고 있었다.

"그 여자를 만날 수 있을 걸세. 이번에 만나면 다시는 후회하는 마음을 만들지 말게나. 그런데 쉽지는 않을 게야."

"…"

"자네가 다시 그 여자에게 돌아가는 대신, 그 여자는 자네를 냉랭하게 대할 테니까."

"네? 무슨 말씀인지…."

"자네가 그녀에게 돌아가서 그녀의 죽을 날을 알고 있으니 아무래도 사랑하는 사람의 삶을 행복한 쪽으로 바꾸려 들겠지? 그럼 그 대가로 무엇인가를 지불해야 하지 않겠나. 그러니깐두루 사랑하는 사람에게서 냉대를 받는 것으로 그 값을 치르는 것이라네. 그래야 음양의 기운이 공평해져서 탈이 없어지는 게야. 하나를 얻으면 하나를 잃는 이치지. 동전의 양면…. 그래도 자네 회한의 눈물 값으로 치자면 밑지지는 않을 텐데?"

알도의 눈빛이 흔들렸다.

"그 사람과 사랑이 이루어지면 두 사람은 지금보다 훨씬 더 뼈아픈 이별이 될 텐데 그 사람에게는 몹쓸 짓 아니겠는가? 하늘의 깊은 뜻이라고 생각해도 좋네."

이승에 미련을 남겨서는 안 될 일이다. 그녀가 마지막 눈을 감을 때 홀가분하게 훨훨 날아갈 수 있게 해야 한다. 알도는 그녀에게 사랑을 요구해서는 안 된다는 사실에 동의해야 했다.

"자네가 눈을 뜨면 자네 머리에는 그녀를 다시 만나기 이전까지의 일상적인 기억만 남아있을 걸세. 그녀가 죽은 이유도 물론 알 수 없고, 자네를 만나서 새로운 이유로 죽음을 맞게 되지. 모든 것을 다시 만난 시점부터 새롭게 시작하는 거라네. 대신 자네의 머릿속에는 오늘 화장장의 일과 그녀가 죽은 날짜만 선명하게 남아있을 거야. 그것만은 변치 않을 걸세."

산불을 조심하라는 모자를 쓴 노인의 눈빛과 태도는 온화했지만 완고했다.

“제가 그녀를 죽지 않게 도울 수는 없을까요?”

“돕고 싶으면 도와보게나. 자네가 하늘이 정한 이치를 이길 수 있다고 생각하나? 허튼짓은 하지 말게나.”

“그녀의 죽을 날짜를 아는데 어떻게 견디라는 말씀입니까.”

“물론 자네도 함께 죽어가는 기분이 들겠지. 하지만 사람이 죽을 날짜를 확실히 아는 것만으로도 행운 중의 행운 아니겠나? 인생을 낭비하지도 않고, 눈에 보이는 남은 시간 때문에 시행착오는 줄 것이고, 후회 없는 삶을 살다 오지 않겠는가 말일세.”

“그렇지만 그 날짜를 아는 것은 그녀가 아니지 않습니까.”

“그러니깐두루 젤로 그 여자를 사랑하는 사람이 알고 있지 않나.”

“그럼 제가 최선을 다하면 그녀가 의미 있는 행복한 죽음을 맞을 수도 있다는 겁니까?”

“…후후…. 의미라? 그건 하늘만 알겠지. 그 여자가 의미를 찾을지 아니면 대신 자네가 찾게 될지는 말일세. 그러니깐두루 죽어가는 자에게 해줄 수 있는 마지막 축복일 수는 있겠지. 인생을 함부로 산 죄를 가진 자에게 주어지는 패자부활전 말일세."

노인이 잠시 말을 끊고 생각에 잠겼다. 다시 입을 연 노인이 나지막이 말을 이었다.

"그런데 그게 꼭 그렇지만도 않더군. 사람이라는 종류는 워낙 예측불허라서…. 어떤 이는 죽는 날짜를 알고부터 삶이 무너지고, 오히려 역효과를 내더란 말이지. 어차피 끝장이니 될 대로 되라는 막장의 충동적인 판단만 내리더란 말일세. 그러니깐두루 그것도 그 사람의 업인 걸 어떡하겠나. 자, 자네가 선택하게."

"…."

"마실 텐가? 아니면 미친 영감의 헛소리로 치부하고 여기서 나갈 텐가?"

"그럼 그녀와 함께할 시간을 얼마나 주시는 겁니까?"

"그건 나도 알 수 없지. 10분이나 하루가 될 수도 있고, 10년이나 30년이 될 수도 있겠지. 삶이란 1분도 긴 것이고, 1년도 짧은 것일 수 있지 않겠나. 인간은 살아있을 때 그 많은 시간이 주어졌어도 후회의 시간만 쌓다 생을 마감하지 않나. 그러니깐두루 원래 인생에서 충분한 시간이란 있을 수 없지. 주어지면 주어질수록, 차고 넘치면 차고 넘칠수록 더욱 목이 말라 헐떡이는 게 인간 아니겠는가."

알도는 떨리는 마음으로 찻잔만 굳게 쥐었다.

"자네는 사람이 사람을 변화 시켜 그 사람의 인생을 바꿔줄 수 있다고 생각하나?"

노인이 고요한 눈빛으로 물었다.

"진심으로 아끼는 마음이 있다면 돌장승도 춤추게 할 수 있지 않을까요?"

"그렇다면 자네의 행운을 빌어보겠네!"

설렌다.

정말 그녀를 다시 만날 수 있을까?

어디선가 새어 들어온 바람이 알도의 머리카락을 스치고 지나갔다. 알도는 고개를 돌려 바람을 타고 있는 옥춘사탕을 다시 바라보았다. 입에 군침이 돌았다. 노인이 알도를 향해 고개를 작게 끄덕였다.

알도는 조심스레 차를 한 입 머금었다. 유황과 화산재 타는 냄새가 훅 끼쳤다. 어쩐지 중독성 있는 향기 같았다. 눈살은 찌푸려졌지만, 자꾸 코를 들이대고 싶은, 비의 비린내 같기도 하고, 매캐한 연기의 맵고 싸한 향 같기도 한 끌림이었다.

“바로크 진주는 삼키지 말고, 입에 그대로 물고 가게나. 진주를 볼 때마다 자네의 본분이 자각될 걸세.”

“네에”

알도의 목소리가 비몽사몽간에 잦아들었다.

‘마지막으로 한 가지 명심할 것은, 이 바로크 구슬이 저 구슬을 비추고, 저 구슬은 이 구슬을 비추고 있다네. 하늘 구슬은 땅 구슬을 비추고, 바닥 구슬은 천장 구슬을 비추고, 왼손의 구슬은 오른손 구슬을 비추고 있지. 어두움은 빛을 비추고, 해골은 갓난아기를 비춘다네. 깨지고 상처 난 구슬 또한 비추기를 멈추지 않는 법. 지금 자네가 그 여자를 비추고 있듯이 말일세. 허허’

길고 긴 눈꼬리와 동공의 깊이를 가늠할 수 없는 점칠의 눈동자를 가진 노인의 아련한 목소리가 꿈결같이 들렸다.

알도는 고개를 겨우 끄덕이고는 다시 한 모금을 들이켰다. 알도의 눈에 산불 조심이라는 모자 글자가 흐리게 보였다. 산불 노인의 볼이 볼록해졌다. 다디단 색동의 옥춘사탕을 입에 한가득 넣은 것 같다. 옥춘을 입에 문 노인이 미소 지었다. 옥춘의 붉은 회오리 문양이 빙글거리며 세차게 돌아간다. 아마도 빨간 산불 조심 모자를 쓴 노인은 옥춘을 먹고 나면 입에서 벌건 산불이 날 것이다. 알도는 그렇게 생각했다.

어어어~ 빨간 모자가 허공을 휘휘 감아 돌고, 벌겋게 물든 노인의 입도 돈다. 앞뒤 없는 몽롱한 생각이 뒤죽박죽 빠른 속도로 엉키는 중에 뜨겁고 아린 무엇이 속을 후끈 달아오르게 했다. 알도는 무엇인가를 마셔 속을 식히려는 사람처럼 찻잔의 바닥이 보일 때까지 차를 빠르게 비웠다. 옥춘사탕을 입에 문 노인처럼 알도 역시 바로크 진주 구슬을 오른쪽 볼때기에 볼록하니 몰아넣었다.

눈앞에 살구색 노을이 펼쳐졌다.

어디선가 거대한 폭발음이 들렸다. 붉은 물이 산 것들의 뿌리를 적시고, 세상을 온통 살구색으로 덮었던 그 노을. 그리고 무정하게 녹아가던 들녘의 냄새.

어느새 알도는 팔이 늘어지고 장딴지가 굵어진 팽나무였다. 미친 불기둥…잿빛 눈보라…고라니와 풀잎이 뛰고…바위가 펑펑 소리를 내며 겨드랑이 밑을 스쳐 날았다. 살고 싶은 것들의 맹렬한…전력의 질주….

1,200도의 붉은 물이 발등을 타고 넘자 발가락부터 녹아내린다. 붉은 물이 살들을 벗겨낸다. 발가락 몇을 잃고 가까스로 발을 빼낸 팽나무가 달린다. 화산재 향기는 코를 찌르고, 어서 풍덩 몸을 던지라고 손짓하는 살구빛 노을 속으로 필사적으로 질주한다. 달릴수록 점점 구부러지는 허리. 마침내 동그라미가 되어 떼구르르르 구르기 시작한다. 구를수록 작아진다.

노을의 깊은 속살 속,

소실점 하나….

9
일

숨이 가빴다.

알도는 두 무릎을 양손으로 짚고 버틴 채, 거친 숨을 토해냈다. 툭, 하고 입안에서 무엇인가가 떨어졌다. 알도는 무심코 진주 구슬을 주워들었다. 익숙한 느낌이었다. 옥춘사탕을 입에 문 노인이 뿌옇게 떠올랐다. 강렬한 기시감이 번졌다. 알도는 진주 구슬을 바지 주머니에 넣고 숨을 골랐다.

스무 걸음 정도면 사티의 집 앞이다. 집 뒤편에는 대숲이 있었고, 그 위로는 산이 펼쳐진 아담한 전원주택 마을이었다.

휴대폰으로 사티에게 연결을 시도했다. 사티는 전화를 받지 않는다. 나무 데크와 연결되어있는 거실 안쪽 공간에 불이 켜져 있다. 사티가 깨어있다는 뜻이다. 다시 인터넷 집 전화번호로 전화를 걸었다. 역시 연결이 되지 않았다. 원고를 빌미로 직접 현관 벨을 누를까도 싶었지만, 그녀가 난처해질까 봐 참는다. 그녀에게 다시 휴대폰 연결을 시도해 보았다. 오늘따라 그녀의 목소리가 몹시 듣고 싶다. 그녀를 떠올리면 시린 비가 가슴을 타고 흘러내린다. 그때, 알도의 마음을 읽었는지 다행히 그녀가 휴대폰을 받았다.

"여보세요. 작가님?"

그녀의 숨소리가 들린다. 바로 말을 잇지 못하는 것을 보니 무방비 상태에서 전화를 받은 것 같다.

"태양도 아직 안 떴는데 웬일이죠?"

사티의 목소리다. 알도의 가슴에서 여지없이 무엇인가가 줄줄 흘러내렸다.

"술 마셨습니까? 술 안 취한 목소리인 거 보니 술 먹은 거 맞지요?"

알도는 사티가 있을 거실을 바라보았다. 밖은 아직 어둠이 가시지 않았지만, 실내 풍경은 조명등에 의해 엑스레이에 찍힌 흰 뼈처럼 선명했다. 전화기를 들고 이리저리 걷는 사티의 실루엣이 알도의 시야에 들어왔다. 순간, 하얀 섬광이 알도의 머릿속을 쏘고 달아났다.

머릿속에 전광판 붉은색 숫자 찍히는 소리가 타타타탕 머리를 뚫고 튀어나올 것처럼 크게 울렸다. 숫자가 확연하게 도드라졌다.

1월 12일.

그녀는 죽는다.

귀에서 매미가 자지러지게 운다. 가슴이 벌렁거린다. 주머니에서 바로크 진주를 꺼내 다시 한번 만져보았다. 차를 건네주던 산불 노인이 선명하게 떠오른다. 찻잔에서 뿜어내던 유황 냄새가 울컥 몰려왔다.

분명히 사티는 죽었다. 자신의 손으로 장례까지 치르지 않았던가. 사티의 뼛가루를 만지고, 후회의 눈물을 뿌렸다. 맞다. 분명히 그녀는 곧 죽는다. 그리고 죽었었다.

산불 노인이 입에 물었던 옥춘사탕의 붉음도 생생하다. 분명 그녀의 죽음을 보았다. 1월 14일 발인한 그녀는 유골 분쇄기에서 1.8kg의 마지막 입자로 남았다. 그렇다면 저 숫자, 1월 12일은 역시 그녀가 죽는 날이 맞다.

알도는 빠르게 휴대폰에 박힌 날짜를 두 눈으로 확인했다.

1월 3일! 오늘!

그렇다면 이 기억은 어떻게 심어진 것일까. 미래를 보고 온 것일까. 그렇지 않으면 한 치의 의심도 붙을 수 없는 타고난 확실한 직감인가. 도대체 밑도 끝도 없는 이 도저한 확신은 무엇이란 말인가. 분명한 것은 그녀의 죽음을 자신이 만졌고, 또렷한 오감으로 현실보다 더 현실 같은 시간을 경험했다는 사실이다.

조금도 의심할 여지 없이 각인된 뚜렷한 기억. 이 바로크 진주가 증명하지 않는가. 이 진주는 필시 그곳에서 나와 함께 온 증거였다. 알도는 혼란스러운 마음을 진정시키려 애썼다.

"작가님은 말짱할 때가 제대로 술 취한 상태라는 거 모르세요? 진짜 말짱할 때는 살짝 술 한잔한 억양이고…."

목소리가 휘청인다. 가까스로 마음을 다잡고 애써 농담을 해본다. 마른침을 모아 목울대로 넘어오려는 통증을 눌러 삼킨다.

"조감독님 저 술 안 먹었거든요? 내가 지금 술 먹을 땝니까?"

체온이 아직 따뜻해서, 숨을 쉬고 있어서…들을 수 있는 그녀의 목소리. 하지만 분명, 그녀는 곧 이 세상을 떠난다.

그렇다면 그녀가 머물 수 있는 남은 날들은….

꾸울럭, 그녀의 목젖에 액체 넘어가는 소리가 유난히 크게 들렸다.

술일 것이다.

그놈의 술.

그녀는 곧 죽는다는 사실도 모른 채, 벼랑에 서서 아기 걸음마를 걷고 있다.

술에 취해 물에 풀린 휴지처럼 흐느적이고 있는 사티.

시간이 없다. 유예된 시간은 찰나에 불과했다. 그녀가 가진 한 움큼의 시간을 어떻게 해야 하는가. 알도는 무력감에 무릎이 떨렸다. 그에게서 단말마가 꽥, 튀어 나갔다.

'당신 죽어요!! 9일 후에!!'

추파

D-8

저 남자는 언제부터 저 소파에 앉아서 날 지켜보고 있었던 걸까? 기억이 나질 않는다. 아무래도 좋다. 술만 사다 준다면 내 영혼을 통째로 가져갈 메피스토면 어떤가.

침대에 누워 열린 방문으로 알도를 일별한 사티는 다시 눈을 천장으로 돌렸다.

세상의 어떤 제약도 금기도 흐물흐물해지는, 인간의 모든 '심각'이 눈송이처럼 녹아내리는, 아득히 깊은 어디에선가 헛웃음이 기어 나와 동글동글하게 굴러떨어지는,

아무 이유를 찾을 수 없는 이 무정부 상태가 좋다. 이럴 때면, 기역니은이나 에이 비 씨 알파벳을 뱉어내지 않는, 문명의 언어를 구사하지 않는 종족을 보고 싶어진다. 아니면 대나무 같은 소나기가 내려도 좋고, 강도라도 들면 참을 수 없는 웃음이 막 터질 수 있을 텐데…. 이럴 때면.

세상이 방송국 스튜디오처럼 보인다.

엉성한 가설무대에서 사는 척하느라고 무지 애쓰는, 천의 페르소나를 가진 변검술사류들이거나…무엇인가를 붙들고 물들고 취한 채 살다가 꿈꾸듯 죽기를 바라는 취생몽사류들….

그나저나 돼지고기 한 근 값도 안 되는, 과도하게 착실해야 하는, 인생이라는 시침 뚝! 코미디에 끼려면 술이 더 필요한데….

소파에 둥그런 궁둥이를 붙이고 있는 저 인간에게 술을 부탁해볼까? 저 인간, 기역니은이나 알파벳을 아주 좋아할 것 같다. 날 힐끔거리며 훔쳐보는 눈빛이 느껴진다. 알도, 순전히 남자라는 이유 하나만으로 일단 안테나 한 개쯤은 세우게 한다.

술을 마시면 남자들이 좋아진다. 아니 정확히 말하면

남자의 속성에 끌린다. 최고의 부조리극을 찍기 위해서는 그만한 생명체가 없다. 남자라는 캐릭터는 본인은 대단히 진지한데 알맹이는 시답잖고, 그런 종류라서 그런지 목숨마저 불쑥 걸어버리는 용맹함이 귀엽다. 매사에 씨근덕거리며 달려드는 모습도 구질구질하지 않아 보여 그런대로 봐줄 만하다.

그런데 맹물 같기만 한 남자라는 표현보다 사내…. 그보다 수컷이라는 표현이 지능이 낮은 생명체 같기는 해도, 날 것이라서 더 그럴듯해 보인단 말야…스스로 짐승입네 하는 솔직함이 있잖아. 물론 남자라는 물건은 어떤 무의미한 허세를 연출할지 몰라 불안감을 안기지만, 그래도 화투장에 닭대가리인지 봉황인지를 그려 놓은 똥광 같은 아우라 정도는 풍길 줄 아는 수준? 그런데 광은 광인데 똥광이란 말이지.

내 눈에 순전히 똥광 같아 보이는 저 알도 수컷은 왜 저렇게 아무 말 없이 앉아 있는 거지? 6일? 아니 9일? 뭐 어쩌고 했던 것 같은데…. 내가 양념에 쓸 소주를 다 마시고 술을 사 오라고 만 원짜리를 줬던가? 아니면 내가 키스를 해주고 술을 사다 달라고 졸랐던가? 그럼 내가 저 사람에게 추파를 던진 꼴이 되는데….

추파秋波.

이 말이 너무 예뻐서 아무 남자한테 써먹지 않으려고 했는데, 혹시 저 인간에게 내가 이 아름다운 추파 -가을 바람이 서늘하게 불러일으키는 잔잔한 파문-의 눈빛을 던진 건가? 뭐야, 도무지 기억이 나질 않아.

"여보셔!"

"?"

알도의 눈이 동그래졌다. 갑자기 눈을 부릅뜨고 일갈하며 다가온 사티 때문이었다.

"당신 뭐야?"

"…."

"왜 내 집에 당신이 들어와 있는 건데?"

"술을 사다 달라면서요."

역시 예상대로다. 저 인간에게 키스나 안 했는지 모른다. 했다 해도 어차피 코미디 연기의 일부분이니 무슨 대수랴 싶었다. 다만 그윽한 추파의 느낌까지는 안 주었기를 바랄 뿐이다. 수컷들에게 인간 여자의 품위 있는 추파는 위험하다. 추파의 파문이 수컷의 가슴에 퍼져, 불끈 미쳐 돌아가게 되면 그야말로 피곤해진다. 착각의 씨앗은 모든 역사의 방아쇠가 된다.

불원불근.

사내나 수컷 종류는 멀지도 가깝지도 않은 거리에서 얼레질해야 어울린다.

"그냥 한 번 물어봤어요."

전혀 기억이 나지 않지만 사티는 태연하게 상황을 수습했다. 얼핏, 알도에게 전화를 걸어 술을 파는 곳을 찾아 무조건 술을 구해 오라고 명령조로 협박했던 것 같다.

저 인간을 이 공간에서 밀어낼까?

잠시 고민이 됐다. 이전 작품들의 원고 때문에 이 집을 자주 들락거려 저항감은 덜했지만, 그래도 이런 모습을 보이는 것은 부담스럽다. 그러나 무엇보다 알도가 떠나면 술을 누가 조달해 줄 것인가가 제일 문제였다. 이런 숲속 마을에서 여자의 몸으로 비틀거리며 동네를 돌아다닐 수는 없다.

사티는 가끔 예측불허의 술 나라 여행을 떠난다. 물론 이 소풍 여행에는 비자도 배낭도 필요 없다. 그저 술만 조달되면 집이라고 부르는 이곳, 멋진 별나라에서 꿈처럼 흔들흔들 노니는 것이 전부다.

음주가 깊어지면 헛웃음이 동글하게 굴러 나왔던 바로 그 아득한 자리, 그 심연에서 태양의 눈 부신 햇살과 동전의 양면으로 등을 맞대고 있는 무명無明을 만난다. 누가 볼까 봐 감추고, 엄하게 다루어 잔뜩 기가 죽어 있는, 숨겨둔 자식을 해후하는 것이다. 낮은 포복으로 사느라 전전긍긍 눈치를 보는 폼을 보면 미안하면서도 왜 그랬나 싶다.

빈 병이 쌓여가면서 무명에게 햇살을 부러워하지 않을 시민권을 선사하고, 그 심연 속으로 풍덩 빠져들어 마음껏 물고 빨고 핥는다.

숨통이 트인 무명과 햇살의 시소가 평행을 이루었을 즈음이면 모든 것이 탕진된, 손가락 하나 까닥하기 싫은 구십 구세의 노인이 된 몸뚱이만 남는다. 그 탈진된 몸뚱이의 목구멍은 차단되고 음식은 넘어가지 않게 되어 기운은 바닥을 치고, 시체에 가까워진 육신은 잔디 이불을 덮기 전 상태로, 폐기물에 가까운 던져진 물건이 된다.

꿈도 희망도 이기심도 없는 오직 물질인 상태.

물질로 구성된 고기 몸에서 알코올이 모두 빠져나갈 때면 끔찍한 두려움과 불안이 엄습한다.

다시 알코올이 힘겹게 빠져나가며 목구멍이 간신히

열리면 한 수저의 곡기라도 욱여넣어야 한다. 한 수저가 한 가닥 생기를 만들어 줄 때까지 몸은 강제된 휴식을 받들어야 한다. 강제된 휴식은 요란하다. 바악 박~ 낮은 포복으로 기고 또 기는 몸부림의 휴식을 건너야만, 찬란하고 고상하지만 뻔뻔하기 그지없는 현실이라는 이름의 자리로 겨우 되돌아오게 된다.

소위 제정신이라는 세상의 거품에 익사하기 전, 소풍을 감행해보지만 고기 몸뚱이는 언제나 그렇듯 패배를 선언하고 다시 거품 속으로 귀환한다.

주기적으로 피할 수 없이 다가오는 고깃덩어리의 반복되는 제의祭儀.

소풍을 다녀올 때면 매번 인간은 정신보다 물질이 앞서는 물질적 인간이라는 사실. 내가 몸뚱이의 주인이 아니라 몸뚱이가 내 주인이라는 사실을 뼈저리게 절감한다. 술 여행은 이번이 끝이라고 울부짖지만 정작 본인조차도 그 다짐을 믿지 못한다.

심연에서는 현실로 돌아온 즉시, 햇살 옆 침침한 그늘에 숨겨놓은 자식에 대한 미련으로, 눈에 보이는 세상이 화려할수록, 쟁쟁하게 들리는 그늘의 그 울음소리를 차마 외면하지 못한다. 이미 다음 여행을 준비하고 있다.

제어할 수 없고, 예상할 수 없는 다음 소풍 전까지 모니터에 사족의 기역니은을 꾹꾹하게 채워 넣으며 밥을 벌고, 아름답다고 생각하고 싶은 이 세상에서 앙상하게라도 버텨보자고 마음먹을 뿐이다.

취중에는 '나'와 '나 아닌 것'들의 난타전이 휴식에 들어가고, 알코올이 풀무질하여 달구어놓은 양기陽氣는 목구멍까지 차오른다. 방향 없고 룰도 없는 이 천진한 양기는 우주 끝까지 날아가고 싶어 한다.

별과 달이 이성의 경계를 가볍게 뛰어넘어 품에 안기는 이 여행 기간은 달콤한 지옥에서 보낸 한 철과 다를 바 없다. 다만, 취중 무심의 본능에 오래 머물다 상념의 현실 세계로 돌아오면 자학적인 후회의 잔해와 블랙아웃의 징검다리 간격이 넓고 깊어, 비명에 가까운 후회의 폭풍 랩이 쏟아지기도 한다.

사티는 술 여행을 떠나는 이 기간을 '발광 시즌'이라 부른다. 때로는 미친년처럼 '발광發狂'해서 발광 시즌일 때도 있었고, 때로는 천진하게 미쳐서 빛날 수 있었던 '발광發光' 시즌일 때도 있다.

"내가 곧 죽는다고 했죠?"

사티가 물었다.

"8일 남았습니다."

감정을 억누른 알도가 대답했다.

"9일인가? 그러지 않았어요?"

"하루 지났어요."

그렇다면 알도가 밤새 저 소파에 앉아서 하룻밤을 꼬박 지새웠단 말인가. 사티는 두어 시간 정도의 감각밖에 없다. 언제 그렇게 시간을 통째로 도둑맞았단 말인가.

당황스러운 사티였지만 한편으로 똥광, 알도의 담담하고 이성적인 대응에 괜한 짜증이 일었다.

"술 좀 더 가져다줘요. 이번만 마시고, 단주하고 글 쓸 거예요."

"…."

"조감독님, 술 좀 더 사다 달라고요!"

사티가 목소리를 한층 더 높여 소리쳤다.

"어제도 지금과 똑같이 말했습니다."

" ……하고 싶은 말이 뭐예요?"

사티는 눈에 힘을 주어 알도를 똑바로 마주 보았다. 그때 알도의 손이 사티의 얼굴 쪽을 향해 불쑥 다가왔다.

사티는 깜짝 놀라 반사적으로 알도의 손을 후려쳤다.

"뭐야! 이 사람!"

"눈곱이…미안합니다."

"왜 내 눈곱을 당신이 신경 써요? 우리가 눈곱 떼 주는 그런 사이였어요?"

사티는 자신의 눈곱을 중지로 거칠게 눌러 떼며 말했다.

"술 마시면 사람이 완전히 달라진다는 건 압니까?"

무안해진 알도가 낮은 소리로 말했다.

"?"

"술 안 마시면 남에게 물 한 방울도 튀기지 않을 사람이잖아요. 아주 단정하다 못해 깔끔쟁이고…남에게 상처 줄까 봐 말도 골라, 골라서 하는 사람이고"

호호호. 사티는 자신도 모르게 헛웃음이 굴러 나왔다.

"웬, 립 서비스랍니까? 당신이 선택할 수 있는 것은 술을 가져다주시든지 이 집에서 나가주는 겁니다."

"그렇다면 나가겠습니다."

사티의 말이 끝나자마자 숨 돌릴 틈도 없이 알도가 일어서서 현관 쪽을 향했다.

"마지막 술은 사다 주고 가야죠!"

술이 떨어져 초조해진 사티의 고함이었다. 알도가 걸음을 멈추었다. 알도는 바지 주머니에 손을 넣어 바로크 진주를 만지작거렸다. 몸을 돌려 알도가 사티에게 말했다.

"이번 작품에 대해 인터뷰 있는 거 잊지는 않았죠?"

사티가 멈칫했다.

아차!

취하지 않은 세상이 요구하는 일들은 검은 눈물 자국으로 얼룩진 갓난아기가 배가 고파 사정없이 빨아대는 마른 젖 같은 것이었다.

또 잠이 들었나 보다. 사티는 잠을 청한 기억은 없는데 자꾸 깨기만을 반복했다. 알도가 조달해준 술을 양껏 마시고, 발광 시즌에 제대로 들어간 듯싶었다. 발광 시즌에 들어가면 술을 멈출 수도 없고, 통제할 수도 없었다. 이미 몸과 마음의 주도권을 쥔 술이 왕이고 주인님이었다.

이 발광 시즌의 첫 잔을 누구와 함께했는지 기억마저 가물거린다. 휴대폰에서 카드 사용내역이 담긴 문자를 확인했다. 검은 개미 같은 문자들이 제멋대로 줄줄이 기어 다닌다.

지난해의 마지막 날, '피안'이라는 카페에 갔던 흔적이 문자로 남아있었다. 술 좋아하는 현우 스님의 얼굴이 아련하게 떠올랐다. 그랬다. 지인 장례식장에서 만나 오랜만에 강원도에서 올라온 그와 몇이 모여 술을 마셨다.

낙엽 부스러기가 되어버린 몇 장의 기억 쪼가리들이 머릿속을 날아다녔다. 그러나 사실 그 바스러져 버릴 것 같은 몇 장의 기억마저 믿을 수가 없다. 어디까지가 사실의 기억이고, 어디까지가 만들어진 환상 조작의 기억인지 도무지 분간되지 않는다.

술을 마시면 아무것도 확신할 수 없다. 다만 그날, 현재 대한민국에는 깨달은 사람이 없다는 현우 스님 말에 열불이 나서 항변했던 기억만이, 타다가 만 뼈가 되어 머릿속 어느 귀퉁이에서 굴러다녔다.

사티는 씁쓸하게 입맛을 다셨다. 기분이 밑 없이 가라앉으려 한다. 머리맡에 있던 소주를 벌컥 들이켰다. 무심코 오징어무침을 안주로 집어 먹다 동작을 멈추었다. 이 안주를 만든 기억이 없다. 알도인가? 그리고 그가 나를 방에 끌어다 눕히고, 이불을 이렇게 얌전히 덮어 준 것인가?

사티는 알도가 잠시 궁금했다. 그러나 술이 있고, 안

주가 있는데 알도를 굳이 찾을 필요는 없다. 사티를 보면 며칠이 남았다는 둥, 숫자 타령부터 할 그였다. 그를 보면 괜한 짜증이 난다.

사티는 이불을 둥그렇게 뭉쳐 방 벽에 받혀놓고 등을 기댔다. 그리고 휴대폰의 연락처를 엄지로 쭉 튕겨 올렸다. 빠른 속도로 이름들이 명멸한다. 그 이름들과의 인연들도 켜졌다 꺼졌다 하며 이어진 듯 멀어지고, 멀어진 듯 이어진 관계들이었다.

휴대폰 화면을 검지로 폭 찔렀다. 사티는 손가락 다트가 무작위로 딱 멈춰 세운 이름을 보고 미소를 지었다. R이었다. 사티는 주저 없이 통화 버튼을 눌렀다.

–여보세요?

–어…사티구나.

–옆에 부인 있니?

–아니, 마트에 장 보러 갔지.

–너, 나 되게 좋아한 거 기억하니? 나 때문에 죽는다고 산에서 뛰어내리려고도 했잖아.

–사티야…너 또 술 마셨니? 그게 언제 적 일인데 아직도 그 얘기야. 벌써 이게 몇 번째니? 사티야 너 병이다 진짜. 아직도 난 널 좋게 생각하고 있거든? 친구로서 말이

야. 친구로서 하는 이야긴데 너 치료받는 건 어떻게 생각하니? 이런 말 한다고 섭섭해하지 말고, 오해도 하지 않았으면 좋겠다.

-얘가 그때도 찌질하더니 아직도 애티를 못 벗었네? 질질 울면서 강의실 옮길 때마다 따라다닐 때는 언제고…네 마누라나 걱정해! 나 지금 무지 챙피할라 그래. 끊어 이 인간아!

통화 종료를 한 사티의 얼굴에 빙긋이 미소가 돌았다. 목소리 저 혼자 화가 났을 뿐이다. 전혀 화가 나지 않는다. 오히려 병이라고 찍어 말하는 그 녀석의 앙탈하는 반응이 상큼하다. 어떤 자극에도 관습적이고, 뻔한 반응을 보이는 인간들보다 차라리 자신을 비난하고 욕하더라도 예상치 못한 반응을 보여 줄 때, '대화'라는 것을 한 것 같다. 숨통이 트인다.

사티는 다시 휴대폰 연락처의 이름을 다트처럼 돌려 명멸하는 인연들을 검지로 찍어댔다.

-기주야 너 우리 MT 갔을 때 기차 놓친 거 생각나니? 괜히 오기가 나서 문명을 포기하고 원시인처럼 지도 보면서 그냥 온종일 걸었잖아. 흐흐흐

-광숙아 혹 내가 일찍 죽으면 함무라비 출판사에서 못 받은 원고료 대신 받아서, 그 돈 태워서 내가 묻힌 자리에 좀 뿌려줄래? 나쁜 놈들이 돈 줄 생각을 안 하네?

-민지야 남자를 만나려면 싯다르타 같은 샌님 말고, 수컷 냄새 좔좔 흘리고 다니는 조르바 정도는 만나야지? 그치? 근데 나 쿠시나가라에는 한번 가야 할 것 같아.

-태일이 후배님. 내가 11년 전에 꾼 2만 8천 원 아직 기억하고 있다? 뭐라고? 죽을 때까지 안 갚을 거다? 헤헤헤

황기주, 문광숙, 안민지, 심태일, 유숙경, 강대한, 이유심…. 사티는 남녀와 나이를 불문하고 오래전 인연까지 다 호출하여 춤을 추듯 통화를 이어갔다. 휴대폰에 고요히 잠자고 있던 악연 내지는 선연, 필연이거나 우연인 사람들이 화들짝 놀라 사티의 검지에게 불려 나왔다. 사티는 그들과 가장 실없는 이야기를 나누기를 원했다. 들으나 마나 한 이야기를 할수록 사티의 눈은 빛났고, 술은 달콤했다.

느닷없이 호출된 이름들은 술꾼을 위해 각자가 맡은 인연의 배역대로 대사의 합을 맞추어 준 것에 불과했지

만, 그들은 여행지에서 발견하게 된 오래된 식당, 노포 같은 오아시스였다. 비록 블랙아웃으로 사라질, 시한부 대사들이지만….

의식을 깔고 앉으려면 술이 더 필요하다. 사티는 벌떡 일어섰다. 갸우뚱 쓰러지려다 벽을 잡고 가까스로 중심을 잡는다. 씨익, 웃음이 나왔다. 하나, 두울, 셋…발걸음마다 숫자를 붙여가며 걷다가 방문을 힘겹게 열었다.

어? 똥광이다!

"여기서 뭐 해요?"

"갈 수가 없어요."

"제 걱정은 말아요. 냉장고에 술 있죠?"

"걱정 안 합니다."

똥광의 말을 뒤로하고 사티는 냉장고로 향했다.

노란 중앙선!

사티는 몸의 중심을 잡기 위해 그곳까지 노란 중앙선이 그어졌다 생각했다. 탈선하지 않기 위해 발걸음을 조신하게 옮겼다.

"그런데 혹시 제가 술 욕심에 조감독님에게 추파를 던졌나요? 만에 하나 그랬다면 그건 완전 에러예요. 그냥 싸악~ 다시 부팅하시면 돼요. 전처럼 우리 관계는 초기 화면으로만 유지해주세요. 아시죠?"

사티는 알도가 듣거나 말거나, 들리거나 들리지 않거나, 양문형 냉장고의 문을 활짝 열며 말했다.

우와~ 사티의 입에서 탄성이 터졌다. 냉장고 안에는 형형색색의 세계 맥주와 와인과 소주, 장수 막걸리와 '여인의 향기'에서 알 파치노가 물처럼 마시던 잭 다니엘까지 모든 술 종류가 가지런히 구비되어 있었다.

"이 집이 무슨 업소에요? 아님 술 먹고 죽으라는 거예요?"

"이제 취해서 동네를 휘젓고 다닐 일은 없겠지요?"

"당신이 더 필요할 일도 없고요. 정확히 말하자면 이젠 이 집에서 나가 주시면 돼요!"

사티는 콧노래를 흥얼거리며 처음 보는 상표의 맥주와 처음처럼을 양손에 집어 들었다.

"그런데 지금 갈 수가 없어요."

"가세요."

"지금은 안 됩니다."

"왜 고집을 부려요?"

"신발 한 짝이 없어졌어요."

알도가 자신의 왼쪽 발을 내려다보며 말했다.

"언제요?"

"닭장에 갔다가 신발 밑창에 진흙이 묻어서 물로 대충 씻어서 바깥 나무 데크에 기대놨는데 사라졌어요."

"제 신발 신고 가세요."

"…그럴까요?"

"신발을 바꿔 신으면 운명도 바뀐다는 사실은 알아요?"

"…."

"제가 살날이 열흘도 채 안 남았다고 했죠?"

알도가 고개를 끄덕였다.

"그렇게 걱정스러우면 제 운명, 대신 가져가세요!"

캬~ 사티가 고개를 꺾어 맥주를 병째 들이켰다. 고개를 바로 세운 사티의 시야에 들어온 것은 현관으로 나가는 알도의 뒷모습이었다. 사티가 두 모금 째 맥주를 들이켜고 고개를 바로 세웠을 때는, 어느새 꺼내 온 사티의 신발 속으로 알도의 우악스러운 발이 불쑥 들어가고 있을 때였다.

이 남자가 미쳤어!

사티는 큰소리로 외쳤지만, 막상 달려가 발을 욱여넣고 있는 알도의 행동을 막지도 않았다. 알도는 사티의 하이힐 속으로 엄지발가락을 포함해 세 발가락을 겨우 집어넣을 수 있었고, 운동화는 알도의 발이 안으로 들어간 것보다 밖으로 삐져나온 부분이 더 많았다.

"보셨어요? 작가님 운명이 내 운명이 될 수 없다는 거?"

코미디 같은 짓을 하면서 면상은 웬 진지?

보기 드문 알도의 굳은 표정은 미묘한 불협화음이었고, 그 때문에 현실이라는 실제가 실감 나지 않고 비현실적인 판토마임으로 다가왔다.

사티는 알도의 발에 미어터지게 걸려있는 자신의 신발에서 눈을 떼지 않은 채, 남은 맥주를 숨도 쉬지 않고 끝까지 비우고는 다시 새 술의 병마개를 비틀었다. 비현실에서 깨어나고 싶어서였다.

흰 피

알도는 바닥에서 다시 잠들어 버린 사티를 소파 위로 잡아 끌어올렸다.

사티의 몸뚱이를 옮길 때마다 오래된 식용유 냄새가 코끝으로 물씬물씬 번졌다. 사티의 머리카락은 떡이 져 갈래갈래 엉겨 붙어 있었고, 입에서는 술내가 진동했다. 술 취한 사티를 본 후로 아직 그녀가 양치질이나 세수하는 것을 보지 못했다.

알도가 잠든 사티를 물끄러미 바라보았다. 그녀의 풀어 헤쳐진 청바지 혹에 알도의 시선이 머물렀다. 소파에 누이느라 열려버린 그녀의 청바지 지퍼를 발견한 알도는 조심스럽게 지퍼를 올려주려 했으나 지퍼가 중간에 걸려 말을 듣지 않았다. 다시 한번 지퍼 머리를 암팡지게 붙들고 힘을 주어 밑까지 한 번에 쭉 내렸다가, 위로 힘차게 다시 올렸더니 갈라진 홍해였던 지퍼의 양 갈래 길이 순식간에 합류됐고, 하나로 견고하게 맞물리며 철 대문으로 거듭났다. 불현듯 '남대문' '여대문'이라는 두 단어가 명멸하듯 머리에 매달려 대롱거리자 알도는 지퍼 위의 매듭 역할을 해주는 사티의 훅을 의식적으로 단단히 잠가주었다. 그와 동시에 '남의 눈 속에 있는 티는 잘 보면서, 본인 눈의 대들보는 깨닫지 못하느냐'라는 말이 떠올라 자신의 대들보는 견고하게 잘 물려있는지 단속하기 위해 바지 앞섶의 지퍼를 오른손으로 더듬더듬 만져보았다. 훅도 지퍼도 물 샐 틈 없이 숨 막히게 단단했다.

'자신 눈의 대들보를 빼낼 수 있어야 밝게 볼 수 있고, 그때서야 남의 눈에 티도 빼줄 수 있는 것'이라는 말에 다시 생각이 미치자, 사티에게도 적용해야 할 기준이 아닐까?라고 다짐해보았다. 그런 자각을 불러일으켜 준 건 순전히 사티의 황금빛 지퍼였다.

이틀째 사티는 단 한 끼니도 먹지 않았다. 알도가 안

주로 해준 오징어 볶음과 오이 두어 개를 먹었을 뿐이다. 오로지 술이 세끼 밥이었다.

알도가 흰쌀을 양푼에 담고, 정수기 레버를 양푼 테두리 가장자리로 눌렀다. 쌀을 물에 불려 쌀죽을 끓여 보려는 중이다.

알도는 사티의 글을 기다리고 있었다. 그녀의 극본으로 연출 입봉을 하기 위해서였다. 사티는 대단한 이력을 가지고 있는 작가는 아니었지만, 그녀의 글은 색깔이 있었다. 그녀가 방송국 극본공모에서 대상을 수상할 때부터 알도는 그녀의 작품이 좋았다. 그러나 당선작을 제외하고 그녀가 가져온 작품 대부분은 공중파 방송에서 방영하기에는 부적합한 소재가 많았다. 예를 들면 땅속 지하 도시에 사는 태양을 볼 수 없는 여자와 지상에서 사는 남자가 마루판을 사이에 두고 얼굴을 볼 수 없는 까만 밤에만 사랑할 수 있는 이야기(내내 까만 화면만 나오면 뭘 보라고)라든가, 전설을 증명하겠다며 천년을 수행했으나 하늘로 승천하지 못한 용 뼈를 찾아 '용龍'자가 들어간 지명만을 골라 평생을 떠도는 사람의 이야기 같은 경우였다. 소재가 신선하다기보다는 B급 영화에 가까운 독특한 소재들이었다. 그런데도 용케 미니시리즈 한 편과 단막극 세 편이 전파를 탔다. 물론 시청률은 낮은 포복을 피할 수 없었다. 뼈아픈 전적이었지만, 사티는 자신의 상상력이 언젠가는 전 세계인에게 먹혀들 날이 올 것이라고 믿었다.

사티가 공모전에서 수상했던 당선작은 한의학에 기반을 둔 침술에 관한 사극이었다. 침통 하나를 허리춤에 꽂고 오대양 · 육대주를 떠돌며 침 하나로 병자를 치료하고, 종국에는 동양에서 온 신비한 젠 마스터로 추앙받지만, 유리걸식流離乞食을 자청하며 전 세계를 유랑하는 이야기였다. 사티는 이소룡의 절권도나 성룡의 스턴트 액션만큼이나 동양의 아우라를 뿜어낼 작품이라고 믿었다.

사티는 그 작품을 쓰기 위해 직접 침술을 배우러 다녔었다. 취재를 위해 배운 침술이었지만, 어느덧 거기에 푹 빠져 작품이 방영된 이후에도 침술 공부를 중단하지 않고, 날마다 자침 법을 연마했다.

사티는 가죽 소파를 환자로 상상하고 소파의 가죽을 뚫고 무수한 침을 꽂아 차진 손맛을 익히고, 가끔은 생무를 삶아 매직펜으로 눈 코 입을 그려놓고, 얼굴 부위를 집중적으로 자침하여 핀 헤드를 만들기도 했고, 돼지고기 통 오겹살에 장침을 꽂아 살의 탄력과 저항을 공부했다. 0.25mm의 미세한 침 끝으로 마치 눈이 달린 듯, 근육을 헤집고 혈처를 찾아 드라이빙하는 기술은 쾌감을 불러오기 충분했다. 새의 안락한 둥지 같은 곳에 닿으면 그곳이 혈처였다.

둥글고 따듯하며, 아늑함과 동시에 아주 아득한 심연의 혈처.

그곳에 침 끝이 머물 때마다 사티는 그윽한 안도를 맛보았다.

침술의 기적적인 효과를 여러 차례 목격한 사티는 급기야 사암 침을 창안한 〈사암도인〉이라는 작품 소재를 발굴했고, 반드시 이 자랑스러운 조선의 침술을 세계에 알려야겠다는 사명감까지 가졌다.

알도가 입봉을 준비하기 위해 사티가 준비하고 있는 작품을 묻자, 사티는 기다렸다는 듯이 가칭 사암도인 이라는 사극 작품을 내밀었다. 예전 당선작에서 다루었던 침술이라는 소재를 발전시킨 것이다.

오랜 기간 사암도인에 대한 열렬한 애정을 키웠던 사티는 끝내 알도까지 감동 감화시켰고, 어느새 알도 또한 그 작품을 오래전부터 기다려왔던 것처럼 반기게 되었다.

양푼의 물이 줄줄 넘쳐흘렀다. 상념에 빠져있던 알도가 누르고 있던 정수기 레버에서 양푼을 떼어냈다. 쌀을 불리기 위해 양푼을 내려놓은 알도는 소파에 잠들어 있는 사티의 머리맡에 가만히 앉았다.

5년 전, 극본공모 당선 작가들과 드라마국 피디들이 가평으로 워크숍을 갔을 때였다. 희망에 들뜬 초보 작가들과 최고의 시청률을 경신할 작품을 꿈꾸는 피디들이 밤을 새워 토론하고 동료애를 나눈 다음 날 아침, 가평을 떠나려 하는데 그녀가 보이지 않았다.

관광버스 안에서 그녀를 기다리던 사람들이 모두 내려 그녀의 이름을 부르며 찾기 시작했다. 지상, 어디에서도 그녀를 찾을 수 없었다. 그때, 내가 사티를 등에 둘러업고 나타나자 모두들 범인을 잡은 영웅 형사 드라마를 보는 것처럼 바라보았다. 사티는 그날 새벽까지 술을 마시며 토론하다 술이 모자란다고 느껴, 콘도 지하에 있던 자그마한 재즈 바를 찾아갔고, 그곳 여자 화장실에서 잠들어 버린 것이었다.

알도가 그때 등에 업은 사티의 무게는 그의 형님의 무게였다. 알도의 형님, 선도는 사티보다 더한 술꾼이었다. 화장실에서 형님을 찾아 등에 업고 온 것이 한두 번이 아니었다.

알도는 술 취한 사티가 어디에도 안 보인다고 하자, 우선 화장실부터 뒤졌다. 술꾼들은 배설의 공간에서 잠자기나 기절하기를 통해 술자리의 마감 스토리를 완성하며 그 행위를 즐기는 경향이 있다.

알도는 등짝에 어떤 무게감이 실릴 때면 자신의 역할에 대해 생각한다. 화장실 술꾼에게 인력과 척력을 동시에 느끼는, 애증의 인연에 시달리는 어떤 한 사람이 있어 세상이라는 무대의 바깥에 '낙'이 되어 오물의 공간에 널부러져 있는 고기 몸을 발견하는 배역을 맡아, 그 고기 무게를 떠메고 세상이라는 퍼즐에 다시 던져 넣어 부리는 역할.

그 무게는 일단 임시라도 세상에 끼워 맞춰 놓아야 하고, 그 '짜임'에서 다시 튕겨 불거져 나오지 않기를 관습적으로 바라는 피할 수 없는 지게꾼의 배역.

그런 무게를 가진 고기 몸뚱이들을 부리는 배역에 대한 회의가 들 때가 있다. 그럴 때면 언뜻언뜻 알 수 없는 무엇인가에 의해, 무형의 시나리오에 의해, 자신이야말로 그런 배역을 기꺼이 하게 만드는, 진짜 부림을 당하고 있는 것은 아닌지 하는 의심이 굼실굼실 가렵게 번져나가는 것을 느낀다.

알도는 자신보다 일곱 살이나 많았던, 공부 잘하고 다정했던 형님을 무척 좋아했다. 그러나 술에 취해 있을 때는 형님을 형님으로 보지 않았다. 형님의 주벽에 부모님도 전혀 손을 댈 수 없었다. 암으로 투병하시던 아버지가 형님과 싸우고 얼마 안 가 돌아가시자, 고등학생이었던 알도가 술 취한 형님을 무지막지하게 두들겨 팼다. 그리고 그날, 형님은 사라졌다.

"죽어! 이 새끼야! 네가 형이야? 네가 사람이야?"

"그래 새꺄! 난 술 퍼먹고 매일 피똥만 싸느라 똥구멍이 시뻘건 원숭이 새끼다. 이런 원숭이 보이냐? 이런 원숭이!"

지금도 쉰 목소리로 이런 원숭이!라고 울부짖으며, 왼손으로는 양 입술 끝을 끌어 잡아 내리고, 오른손은 손톱을 세워 원숭이처럼 제 옆얼굴을 박박 긁어, 손톱 속에는 허연 때 같은 이물의 살코기가 그득 끼었고, 면상에는 세로로 피가 군데군데 맺힌 채로 노려보던 형님의 모습이 잊히질 않는다.

그날 후로 형님은 십여 년이 훨씬 넘도록 어머니와 알도 앞에 나타나지 않고 있다. 알도는 형님이 피똥으로 범벅이 된 빨간 엉덩이를 하늘로 바짝 치켜든 채 어느 부둣가, 어느 후미진 공사장에서 술에 달아올라 있을지라도 꼭 살아있기만을 바랄 뿐이다.

알도는 형님이 사라진 후로, 지금까지 술 한 방울도 마시지 않았다.

술은 술이 아니었다.

"어? 함박눈이네?"

얕은 잠을 자느라 자다 깨기를 반복하던 사티가 베란다 창밖을 보며 반색했다.

옛날에 꼰날에 감자 새끼가 지그 아버지 지그 어머니 죽여 놓고서 ♬

옆집에 할머니 용서하세요. ♫ 안 된다 안 된다 파출소로 가~

파출소 소장님 용서하세요. ♩♪ 안 된다 안 된다 재

판소로 가~

재판소 판사님 용서하세요. 안 된다 안 된다 총을 맞아라~ 땅! ♪

사티가 함박눈을 바라보며 노래를 흥얼거렸다.

"일어났어요?"

알도가 말했다. 흰 쌀죽에 참기름 두어 방울과 천일염 두어 스푼을 넣고는 수저로 휘휘 젓던 중이었다. 쌀죽은 술꾼 형님이 식음을 전폐하고 술을 마시면, 어머니가 늘 해주던 응급 처치용 음식이었다.

"감자 새끼는 왜…용서를 빌었을까요?"

"새끼니까요."

알도가 대답했다.

"새끼…라서? 엄마 아빠가 낳아준 새끼니까? 부모를 죽였다고 눈구멍이 주책없이 자꾸 눈물을 샘솟게 해서? 할 수 없이…마음에도 없이? 그래서 옆집 할머니를 찾아간 거겠죠?"

멀겋게 앉아 흰 눈을 보던 사티가 말간 코를 훌쩍이며 말했다.

"울어요?"

"감자 새끼가 땅~ 총 맞으면 흰 피가 나오려나?"

베란다 창밖에는 하염없이 눈이 내렸고, 실내는 더 고요하게 느껴졌다. 사티의 계속되는 말과 말 사이로 콧물 훌쩍이는 소리가 끼어들었다. 그 소리는 자명종처럼 이 공간이 현실 세계임을 일깨워주었다.

"조그만 새끼가 거인 같은 부모를 죽였을 때는 그 이유가 있었을 텐데 그것은 왜 아무도 물어봐 주지를 않는 거죠?"

"……."

"차라리 남에게 용서를 빌지 않고 고스란히 자신의 피눈물을 안고 갔으면 덜 억울했을 텐데…빙신같이…그깟 용서가 뭐라고…아마 감자 새끼의 피도 이차돈의 흰 피처럼 하늘로 솟구쳤다가 저 흰 눈처럼 방울방울 떨어져 내렸을 거예요."

"쌀죽 좀 먹어봐요."

알도가 흰 쌀죽이 담긴 수저를 사티 앞으로 내밀었다.

흰 피 같아!

커진 눈으로 흰 쌀죽을 응시하던 사티가 한마디 내뱉고는 손으로 죽 그릇을 밀쳤다.

"흰색은 참 징그럽고 숨 막혀요. 내 핏속에도 저 쌀알 같은 벌레들이 둥둥둥둥둥 떠다닐 것 같아."

사티가 자신의 왼쪽 팔뚝을 오른손으로 쓸어내렸다. 툭툭 불거진 동맥이 흰 쌀알처럼 도드라져 보였다.

"사티 씨 피는 붉어요. 빨갛다고요. 붉은 피 색깔 나는 와인 한 잔 드려요?"

"헤헤.…수혈하라는 말로 들리네요?"

"죽 몇 수저만 드세요. 그럼 갖다 드리겠습니다."

"지금 고소한 냄새를 풍풍 풍기는 이 희디흰 피가 목구멍으로 넘어가겠어요?"

"희든 붉든 먹어야 일해요. 곧 인터뷰도 해야 합니다."

"지금 난 시즌 중이거든요? 발광 시즌? 맨 정신으로, 지극히 합리적인 처신으로, 겨우 얻는 게 병풍 속 정물화 인생인데, 그렇게 세상의 배경이 되어 사는 게 지겹지 않겠어요? 당신도 흠 하나 없이, 욕 한마디 안 듣고 사는 게 인생의 목적이나 되나 보죠? 그렇게 죽을 때까지 바른 것만 좇는 반편이로 살면 좋아요?"

베란다 창밖, 짙은 체리 색 데크 위로 함박눈이 소복

이 쌓여갔다.

“사티 씨처럼 발광하며 살면 어떻게 되는지, 저도 부모 죽인 감자 새끼 같은 얘기하나 해드릴까요?”

사티의 열변을 말갛게 쳐다보던 알도가 말했다.

“흐흐흐흐….”

“옛날 옛적에 어느 한 동네에 찍순이하고 빡순이가 살았더래요. 빡순이가 찍순이를 무지 좋아했는데, 찍순이가 받아주질 않았어요.”

“….”

“그런데 어느 날 밤, 빡순이가 찍순이를 막무가내로 기차역으로 끌고 가서 ‘지금 바로 야반도주를 하자’고 애원했다네요. 직선으로 단단하게 뻗은 철로를 한참 바라보던 찍순이가 하는 말이 ‘그럼 빡순이 네가 나랑 달리기 시합을 해서 이기면 소원대로 함께 기차를 타자’고 했대요. 그들이 탈 기차가 맹렬한 바람을 몰고 플랫폼으로 달려 들어오는데, 찍순이가 준비 땅! 을 크게 외쳤어요. 두 사람은 그 기차가 일으키는 바람을 거슬러서 달리기 시작했지요. 찍순이도 빡순이도 있는 힘을 다해 죽도록 달렸어요.”

“잠시만요. 목이 너무 타요. 지금 당장 수혈 좀….”

사티는 두껍고 노란 중앙선이 죽 그어진 냉장고 철로를 따라 비칠 걸음을 걸었다. 그러나 거실 벽이 그녀의 탈선한 몸을 받아내야 했다. 사티가 자신을 막아선 벽을 탓하느라 손바닥으로 벽체를 탕탕탕 치며 을러댔다.

알도가 빨래처럼 벽에 엉겨 붙어 있던 사티를 벽에서 떼어냈다. 사티를 소파에 앉히고는 대신해서 술을 가져다주었다.

"계속 이야기해봐요. 누가 이겼어요?"

술을 한 모금 들이키자 눈에 띄게 관대해진 사티가 뒷이야기를 졸랐다.

"그런데 승부가 나기도 전에 그 기차가 몰고 온 바람이 너무 거세서 찍순이는 찌그러지고, 빡순이는 빠그라져 버렸다네요. 그 광경을 멀거니 바라보던 역장이 조용히 집게를 들고 와서는 고물이 된 그 둘을 냉큼 집어서 엿 장사에게 넘겨주었고요. 역장이 군침을 뚝뚝 흘리면서 엿장수가 준 엿을 질겅질겅 씹어 댓지요."

사티의 눈매가 가늘어졌다.

"무엇이든 거슬러서 발광하는 건 불행을 몰고 옵니다."

알도가 말했다.

"푓, 그거 사실 동반 자살이에요. 찍순이가 바람을 거

스르는 방향으로 준비 땅! 했을 때, 찍순이는 이미 결과를 다 알고 있었어요. 나 같으면 그런데….”

“…….”

“전혀 사랑이 안 되는 사람과 야반도주를 할 수도 없고…그렇다고 거절하기에는 빡순이의 간절함이 너무 불쌍하고 앞으로도 끝날 것 같지도 않고…그렇게 더는 갈 곳이 없는 벽 앞에서는 바람을 거슬러 올라갈 수밖에요…새롭게 거듭나보려고 있는 힘을 다해 바람 속으로 뛰어든 거죠. 당신은 태어나서 한 번이라도 좋으니까 역행으로 거듭나 본 적 있어요? 호호호…겁쟁이….”

“역…행이요?”

알도가 눈동자를 굴리며 말했다.

“호호호…역행의 길 맛을 모르시니…관둬요, 미스터 겁쟁이. 음…근데 이거 슬픈 러브스토리에요? 아니면 완장 차고 수지맞은 역장을 닮아보자는 자기 계발 스토리에요?”

“토종 한국식 로미오와 줄리엣?”

하하하.

알도의 말을 들은 사티가 웃었다.

"……찌그러지게 태어난 운명은 끝내 찌그러져야 해탈하는 거고, 빠그러질 건 빠그러져야 하고…공연히 애쓰지 말고…공연히…공연히…공연히…공연히라는 말 알죠? 공연히 애쓰지 않는 거…. 그런 게 진짜배기 해피엔딩…."

거실 공기 중으로 사티의 말이 물컹하게 스며들었다.

투명한 500cc 맥주잔에 붉은 와인을 가득 채운 사티는 왼손으로 맥주잔을 치켜들고 겁간이라도 할 눈빛으로, 와인의 향기와 색감을 탐색했다. 오른손 주먹을 찌그러지게, 빠그러지게 쥐어보고는 '해피엔딩'을 몇 번 중얼거리더니 알도에게 잔을 불쑥 내밀었다.

"한잔하실래요?"

"저 술 안 마십니다. 아시잖아요."

알도의 형 선도는 사티의 음주 패턴과 거의 유사했다. 선도의 술 수발을 들었던 어머니는 지독한 술꾼이었던 형의 행동을 뻔히 읽고 있었다. 무슨 짓을 할지, 언제쯤 눈물을 흘릴지, 또 어느 때쯤 설사를 하고, 술 마신 며칠 후면 사람 얼굴도 쳐다보지 못하고 두려움에 떨지, 또 악몽에 시달리느라 식은땀은 언제 흘릴지를 훤히 알았다. 어머니는 형을 환자의 눈으로 보았고, 알도는 형을 의지력 없는 나약한 인간으로 보았다.

'형이 술을 마신 지 사흘 정도까지는 대통령도 안 부럽고, 거의 부처나 예수의 반열에서 유쾌한 개그를 남발할 것이다. 세상의 상투를 쥐는 때지. 상투를 쥐고 흔들며 자기 혼자 주연배우 노릇을 할 거거든?'

어머니의 말씀대로 그 기간이 될 동안 형은 턱없이 관대하고 자신만만해하며 세상의 멱살을 쥐고 희롱했다. 세상이 다 희극이고, 무한히 행복해 죽겠다는 표정을 지었다.

'나흘째부터 하는 행동은 아예 아무것도 기억 못 할 거다. 그때는 혹시 엄마가 세상에 없더라도 네가 무엇이든 음식 거리를 만들어서 형에게 먹여야 한다. 안 그러면 세끼 술만 먹느라 굶어 죽기 딱 좋아! 동생이 있는데도 빈 술병만 뒹구는 방에서, 배 속마저 텅텅 빈 채로 굶어 죽게 하면 되겠니? 형이 인사불성일 때는 아무리 미워도 네가 정신 똑바로 차려야 한다. 형은 환자야. 형은 갓 태어난 강아지 새끼라고 생각하면 된다. 본능만 남아서 행동할 테니 맞대응할 필요도 없고…네가 할 일은 그냥 뭐라도 먹이면서 형이 이 세상 끈을 놓지 않게 견디게 하고, 술을 사다

주면서 너도 악착같이 견뎌내는 것뿐이다.'

나흘 이후부터는 형은 사람이 아니었다. 술을 젓처럼 마시고 자다 깨기만을 반복하는 갓난아기와 같았다. 어쩌다 잠이 깨면 자기 방에 틀어박혀 혼자 중얼거리거나 알 수 없는 사람들과 전화 통화를 했다. 이때부터는 유쾌함도 사라지고 서서히 우울한 먹구름이 몰려오는 분위기를 연출했다.

여드레째 이후부터는 자존심도 없는 심약한 금치산자로 변한 형을 보게 된다. 눈물과 설사, 후회와 공포, 악몽 따위가 파도처럼 몰려와, 세상의 모든 사람을 피해 어둠 속으로만 숨으려는 쪼그라든 폐인을 만난다.

알도는 어머니가 예상한 행동 그대로 움직이는 형을 보며 기이한 생각마저 들었다. 어쩌면 그렇게 매번 조금도 틀리지 않고 로봇처럼 정확히 움직이는지, 오히려 어머니가 영매처럼 형의 뇌를 조종하는 것은 아닌지 의심이 들 정도였다.

형을 보면 인간은 그야말로 고기에 불과한 존재라는 사실을 인정할 수밖에 없었다. 생화학적인 물질에 의해 변화 반응하여 정확히 감정과 행동이 지배당하는 존재.

알코올이라는 화학 물질은 형에게 교주였다. 술 한 잔을 마시기 위해서는 부모님이나 연인을 돌멩이나 빗자루로 취급해버릴 존재가 형이었다. 알도는 그것을 두 눈으로 확인했다. 그리고 그것을 부정하기 위해 형이라는 존재와 돌이킬 수 없는 싸움을 벌였다.

그리고 누구보다 좋아했던 형을 잃었다.

이 세상에서는 보이지 않는 길로 형의 등을 떠밀어 버렸을지도 모른다.

마음껏 술타령해도 누구도 탓하지 않을 곳….

"형이 제가 마실 술까지 혼자 다 마셔버렸기 때문에 내 잔은 항상 비어있어요."

"그럼 내가 이렇게 가득 채워드릴까요?"

붉은 잔을 알도에게 내민 사티가 말했다.

"지금은 채운 즉시 형 대신 당신이 마셔버리기 때문에 내 잔은 여전히 비어있죠."

"당신이 제 죽음을 환기하게 한 후로 제 흰 피도 더 끈적이거든요?"

정 마시기 싫음, 마시든지! 사티가 투명한 잔에 담긴 붉은 피를 목울대가 요동치도록 벌컥거리며 들이켰다.

사티와 형에게는 술은 피이며 목숨줄이다. 그녀는 자신의 흰 피를 물들이기 위해 멀겋게 창백한 혈관에 적혈을 주입 중이다.

누런이

D-7

디리디리 도도동~

현관 벨이 울렸다.

"웬 남잔데, 아는 사람입니까?"

알도가 거실 비디오폰 화면을 보며 말했다. 사티가 소파에 의지해 중심을 간신히 잡고 화면 앞으로 걸음을 옮겼다. 화면에는 한 남자가 서성거리고 있었다. 사티가 화면 앞으로 얼굴을 바짝 들이밀었다.

"뭐야? 그냥 머릿속에서나 놀지 여긴 왜 와? 창피하게 시리….”

멍청한 자식, R이었다.

알도가 문을 열어주기 위해 현관문 쪽으로 향했다. 그때 사티의 고함이 터졌다.

“문 열지 마!”

알도가 사티를 돌아다보았다.

“누구죠?”

“나를 좋아하던 앤데…도대체 여기까지 왜 왔대? 설마 내가 또 전화했나?”

사티가 기억을 더듬는 사이에 현관 벨이 다시 울렸다.

“돌아가라고 해요?”

“무슨 말을 했는지 기억이 안 나네. 그런데 지금 내 몰골, 노숙자 같아요? 아님, 예술가 정도?”

알도가 구석에 처박혀 있던 땡땡이 무늬의 겨자색 벙거지를 집어 들어 사티의 머리에 씌웠다. 그리고는 사티의 모습을 빤히 쳐다보았다.

“여자 같아요.”

알도가 돌아서서 현관문으로 향했다. 주저 없이 현관문의 손잡이를 비틀어 문을 열었다. 반쯤 열린 문 사이로 방문객의 모습이 반쯤 보였다. 두 사람은 드러난 반쪽 몸과 눈 한쪽으로 첫인사를 나눴다.

"안녕하세요. 친구시지요? 좀 기다려 주셔야겠습니다."

알도가 양해를 구하고 다시 반쯤 열었던 문을 닫았다. R의 표정이 굳어졌다.

알도는 화장실로 가서 수건에 물을 적시고, 칫솔에 치약을 묻혀 사티에게 다가갔다.

"이~ 해봐요."

"무슨 짓이에요?"

"저 남자가 당신을 좋아했다면서요? 그럼 윗니 아랫니 닦고, 세수하세요."

"재는 결혼했어요."

"그럼 더더욱 두 사람의 인생을 위해 이빨을 깨끗이 닦고 세수해야지요."

"?"

"결혼한 남자일수록 자신이 좋아했던 여자가 아직 미혼으로 남아있다면 환상을 지켜주셔야죠."

풋, 사티의 입에서 어처구니없다는 웃음이 김빠진 콜라처럼 새어 나왔다.

"그런데 당신은 왜 아직까지 이 집에서 안 나간 거예요? 원고를 못 받아서?"

"신발 한 짝이 없어졌다 그랬잖아요."

사티가 잠깐 멈칫했다.

"아, 내 신발이 터져나갈 뻔했죠? 아, 그거는 기억나네…."

사티의 기억이 땅 위로 튀어 오른 물고기처럼 파닥였다. 자신의 작은 신발에 알도가 곰 발을 욱여넣던 장면이었다. 미욱스러운 곰 발을 받아내던 작은 신발은 숨이 가쁜 물고기처럼 사력을 다했었다. 신발은 수줍었고, 곰 발은 미련했다.

취한 사티의 머릿속에서 어떤 기억은 동굴 속, 돌 틈 밑으로 기어들어 가 은폐했고, 어떤 기억은 교전을 위해 엄폐물 위로 불쑥 솟아올랐다.

도로로롱~ 다시 현관 벨이 울렸다. 벨 소리에 깜짝깜짝 놀라던 사티는 남은 와인을 바닥이 보일 때까지 마셨다.

아~

칫솔을 든 알도가 다시 재촉했다.

"아마 우리가 눈곱 떼 주는 그런 사이는 아니죠? 이 무슨…."

이~ 알도는 아랑곳하지 않았다

"참내…. 근데 이빨 닦아주는 사이하고 눈곱하고 어떤 게 더 친한 사이일까? 그게 되게 궁금해지네? 눈곱은 겉살이고 이빨은 속살을 보여주는 건데…."

사티가 딴전을 피웠다.

"지금은 손님에 대한 예의를 지키는 것이 우선이라 겉살과 속살은 저 사람 보내고 난 뒤에 생각해 보시죠? 어서 빨리 양치질에 협조하는 게 사랑받았던 여자의 도리 아닐까요?"

알도가 사티의 입구入口 바로 앞에서 시위라도 하듯 칫솔을 흔들었다.

"알았어요. 그럼 내가 직접 할게요."

사티가 말했다. 그때 사티의 휴대폰이 울렸다. R의 전화였다.

"시간이 없어요. 사티 씨는 어서 물수건으로 얼굴부터 좀 닦아보세요."

할 수 없이 사티가 붉은 와인이 묻은 위, 아랫입술을 순순히 열기 시작했다.

아~

사티의 누런 이가 드러났다. 이내 하얀 치약을 듬뿍 실은 칫솔이 입꼬리가 하늘로 올라간 사티의 단정한 입술을 지나 누런 이빨에 가닿았다.

알도의 손은 주저하지 않았다. 칫솔질은 자신의 입속처럼 익숙했고 거침이 없었다. 사티 또한 물수건으로 벙거지 밑으로 드러난 이마부터 닦아 내려가기 시작했다.

쿵쿵, 현관문 두드리는 소리가 났다.

"혀를 내밀어요."

사티가 주저하며 혀를 조금 내밀었다.

"더"

단호한 알도의 요구에 사티가 마지못해 혀를 조금 더 빼물었다.

흰 치약 거품에 사이로 드러난 사티의 혀는 빨갛게 부풀어있었고, 혀의 가장자리는 치흔이 선명했다.

"백태가 너무 두껍네요. 그러면 비장이랑 위가 안 좋은 거라던데…. 그건 본인이 더 잘 알죠?"

칫솔로 혀를 닦아내며 알도가 말했다.

사티는 빠르게 고개를 끄덕이고는 자신의 귓구멍 속을 물수건을 끼운 검지로 돌돌 돌려가며 닦아냈다.

"크게 한 번 아~ 해봐요. 지금 불편한 데는 없죠?"

아으으으 아으으 으아아 흐으으

입을 벌리고 있던 사티가 무어라고 말을 하려 애썼다. 그러나 말은 형태도 의미도 뭉개져 있었다.

흰 거품을 가득 물고, 아무런 저항 없이 입을 크게 벌리고 있는 사티.

기역니은이나 에이 비 씨를 쓰지 못하는, 문명의 언어를 구사할 수 없는 종족의 입에서 흘러나온 뭉개진 소리.

그 성대의 마찰음을 들은 알도는 난데없이 터져 나오는 눈물을 막을 수 없었다. 사티의 누런 치아의 아래위와 왼쪽과 오른쪽을 분주하게 오가며 닦아내던 칫솔은 현저하게 힘을 잃었다.

알도는 툭툭 떨어지는 눈물을 칫솔을 든 팔뚝으로 문질러 닦아냈다. 눈두덩이가 붉어지도록 닦아냈지만, 눈물은 닦아도 닦아도 계속 흘러내렸다.

사티의 휴대폰은 숨 가쁘게 울려댔고, 점점 더 간격이 짧아진, 쿵쿵쿵 현관문 두드리는 소리는 두 사람의 가슴을 여지없이 쿵쿵 밟아댔다.

알도의 눈물에 아연한 사티가 입을 닫았다. 흰 거품을 가득 물고 있던 사티는 아무 말도 할 수 없었다.

흐으으으음?

흰자위가 많아진 커진 눈으로 사티가 물었다.

백치 같은 눈으로 우그렁쭈그렁해진 소리를 웅얼대는 사티를 보자, 알도의 꺽꺽거리며 흐느끼는 소리는 점점 더 커져갔다.

미간을 찌푸린 사티가 알도의 얼굴을 손으로 가만히 들어 올렸다. 그리고 검지를 세워 자신의 입술에 가만히 갖다 대었다.

'태양이 진다고, 커피가 쏟아졌다고 우는 사람이 되지 마소서!'였다.

눈물이 잦아든 알도는 자신이 잠가 준 청바지 지퍼처럼 입을 꾹 다물고 있는 그녀를 마주 보았다.

어디든 닦아주고 싶었어요.

알도가 칫솔을 쥔 주먹 손등으로 아이처럼 눈물을 훔치며 말했다.

알도와 R 그리고 양치질과 세수를 마친 사티가 소파에 앉았다.

“사티야, 병원 가자.”

R이 격앙된 목소리로 말했다.

“두 사람 인사는 했어요?”

사티가 알도와 R을 번갈아 보며 물었다.

“알아”

R이 말했다.

“어떻게?”

“드라마국 조감독님 아냐? 네가 작년 가을에 오랜만에 전화해서 말했잖아. 사티 네 원고로 입봉 하려는 연출이 있는데…눈 쌍꺼풀 없고, 손발 크고, 목소리는 항아리 울림 베이스라고 그랬나? 하여튼 네 스타일과는 정반대라는 그분 아냐?”

“미치겠네…왜, 내가 너에게 그만 것까지 얘기했지? 아니 왜 내가 너에게 전화를 한 거지? 도저히 이해가 안 된다.”

사티가 두 손바닥으로 자신의 얼굴을 쓸어내렸다.

“병원은 안 갑니다!”

알도의 단호한 음성에 R과 사티가 동시에 알도를 바라보았다.

“시간이 없어요.”

"무슨 시간 말입니까?"

알도의 말에 R이 까칠하게 물었다.

"이제 술 마실 시간마저도 부족합니다!"

알도의 말에 R은 어리둥절했고, 사티는 알도가 병원을 반대하는 이유가 그거였어? 라는 표정을 지었다.

알도는 형이 그 젊은 나이에 네 번씩이나 병원에 입원하는 것을 보았다. 집에 있으면 우환덩어리였고, 병원에 입원시켜놓으면 애물 덩어리였다. 형이 입원해 있는 한, 가족은 어느 때고 웃을 수 없었다. 간단한 여행이나 외식이라도 하려고 하면 병동에 갇혀있는 형이 떠올랐고, 가족들은 죄책감에 시달려야 했다.

가족이 애써 태양 쪽을 바라보려고 노력할수록, 형이 드리운 그림자 또한 비례해서 커지고 짙어졌다. 그러나 알도는 선도가 주벽을 보일 때마다 제일 먼저, 가장 강하게 입원을 주장했다. 모든 평화는 적극적인 대항을 통해서만 얻을 수 있는 것이라 믿었기 때문이었다. 그러나 결과적으로 어떤 최신식 병원도 형에게는 완패였다.

"이대로 사티를 방치하자는 겁니까? 그리고 사티가 병

원을 가느니 마느니 하는 그 말씀은 무슨 권리로 그러십니까?"

불쾌한 R이었다.

"저는 제 신발을 찾을 때까지 그럴 권리가 있습니다."

"뭐요?"

"어…이 사람 닭 모이 때문에 닭장 갔다가 신발을 잃어버렸거든…."

두 사람의 대화를 듣고 있던 사티가 졸린 목소리로 R에게 설명했다.

"닭?"

R은 무슨 개소리 닭소리를 하고들 있나 하는 표정이었다.

"응…삐약이라고 굉장히 여성스럽고 우아한 암탉이 한 마리 있거든…."

"닭장에서 잃어버린 게 아니고, 닭장에서 진흙이 묻어서 데크에서 말리다가 신발이 사라진 거죠."

알도가 자초지종을 엄밀한 시각으로 정정해주었다.

"언제부터 닭을 키웠어?"

R이 사티에게 물었다.

"응. 윗집에 사는 달래 할머니가 조선 토종 병아리라

고 줘서 내가 방에서 길렀지. 그러다 똥을 하도 싸서 닭장으로 분가시켰어"

"조선 토종인지 아닌지는 어떻게 믿어?"

R이 물었다.

"똑똑하고…하는 짓이…단아…해."

"단아? 뻥 치지 마. 먹어봐야 답이 그냥 딱 나오지. 모든 토종은 쫌 질기지."

R이 낄낄거리며 사티에게 시선을 돌렸다. 닭소리 개소리에 물든 R이 그녀를 쳐다보았을 때는 이미 그녀의 머리가 소파 등받이로 넘어간 뒤였다.

"조금 전까지도 얘기만 잘하더니 전광석화로 주무시네?"

삘쭘해진 R이 혼자 중얼거렸다. 알도가 어느새 담요를 가져다가 소파에서 잠든 사티의 가슴을 덮어주었다.

"아까 어디까지 얘기했죠? 닭 말고…아, 신발! 신발을 데크에서 잊어버렸다고요? 내 차 트렁크에 버리려던 마라톤 운동화가 한 켤레 있는데 그거 대충 신으실래요?"

R이 물었고, 알도는 대답이 없었다.

베란다 창밖, 가느다란 빨랫줄에는 겨울바람에도 쉽게 흩어지고 싶지 않은 눈송이들이 위태하지만 수북하게 매달려 있었다.

"아까 왜 그렇게 문을 안 열었습니까?"

R이 물었다.

"어디 좀 닦아주느라고요."

"……."

"……."

"사티 좋아하세요?"

"그 신발 나이키예요?"

알도가 말했다.

텅

D-6

사이렌 소리가 울렸다.

사티는 앙칼진 소음에 눈을 떴다. 작업 방의 창문을 열어보니 119 구급 차량이 대각선 방향의 축대 높은 집 앞에서 멈췄다. 그렇다면 남편을 기다리는 달래 할머니 집이다. 할머니의 남편은 바닷가에 수석을 수집하러 갔다가 실종되었다고 했다. 달래 할머니는 남편을 기다리느라 이사도 가지 않고, 삼십 년째 그 집에서 살고 있다. 하나 있는 아들이 아버지를 포기하고 제사를 올리자고 할 때도 꿈쩍하지 않았다.

달래 할머니는 봄이면 제일 먼저 달래 장을 만들어서, 마을 이웃들에게 한 종지기씩을 돌렸다. 조선간장 맛은 칼칼한 옛 맛이었고, 달래는 향긋했다. 그래서 사람들은 그녀를 아예 달래 할머니라고 불렀다. 달래 장은 실종된 남편이 봄이면 제일 먼저 찾던 음식이었다.

사티는 간신히 힘을 긁어모아 현관문을 열고 나섰다. 달래 할머니 댁에 가봐야 한다. 다른 사람이라면 꼼짝하지 않았겠지만, 사티가 술병이 나서 쓰러져있을 때면, 녹두죽이나 새콤한 오미자차 때로는 우럭젓국을 만들어 현관문 앞에 두고 가시는 분이었다. 마음이 쓰였다.

눈은 녹지 않았다.

바람의 살결을 타고 공중에 흩날리는 은빛 날린 눈이 태양에 얼비쳐 눈부셨다. 사티는 숙취가 심했지만, 얼굴로 덮쳐오는 찬바람은 상쾌했다. 잔설 사이로 언뜻언뜻 드러난 흙길을 골라 조심조심 발걸음을 떼었다.

사티가 달래 할머니 댁에 도착했을 때는 이미 떠나버린 구급 차량의 뒤꽁무니만 보였다.

빈집.

아무도 없다. 달래 할머니 집은 현관문이 열린 채였다. 사티는 마당에 서서 급하게 사람이 빠져나간 빈집을 바라보았다. 속이 비어 '텅'이었지만, 집 자체가 무엇인가를 기다리고 있었다. '텅'했던 공간에서 남편을 기다리고 또 기다리던 달래 할머니 때문인지, 막상 기다리던 사람은 빠져나갔지만, 이미 기다림을 배워버린 집은 품을 열고 있었다. 사티는 그 기운에 이끌려 자신도 모르게 불쑥 '텅'한 공간에 발을 디뎌 놓으려다가, 발끝에 힘을 주어 겨우 멈춰 섰다.

공간을 비워놓고 누군가 채워주기를 갈망하는 것에 익숙해져 버린 이 집은 낯선 이방인이 나타나자, 나비를 불러들이는 꽃처럼 자신의 은밀한 곳을 바람결에 의지해 활짝 열고는, 어서 이곳을 채워달라고 손짓하고 있다. 사티는 발끝을 세워 땅바닥을 툭툭 차대며 쓸쓸한 미소를 지었다.

미처 닫지 못한 현관문은 바람이 불 때마다 왈칵 맨몸을 드러냈다가는, 이내 다시 덜커덩, 황급하게 속살을 감추고는 했다. 사티는 울컥대는 현관문을 달래주려는 듯 둥근 손잡이를 가만히 잡고 슬며시 밀었다. 딸깍, 손잡이에서 소리가 났다. 그제야 사티는 빈집의 손을 놓았다.

현관문을 달랜 사티가 돌아섰다. 누군가를 화석처럼 기다리던 '텅' 빈집을 뒤로하고 발걸음을 옮겼다. 사티가 발을 내디딜 때마다 빈집이 자꾸 뒷덜미를 잡아끌었다. 발걸음을 힘 있게 내딛지 않으면, 다시 돌아서서 현관문을 열고 들어가 텅 빈 곳을 채울 것만 같았다. 오래도록 채워지기를 열망했던 곳은 상상 이상으로 힘이 셌다. 그러나 비어있었다고 아무나 그 자리를 채울 수는 없다. 빈 곳은 달래 할머니만이 어떤 누군가로 채울 수 있다. 타인이 달래 할머니의 자리에 대신 앉는다면 켜켜이 쌓인 '기다림'의 신성은 영영 허물어져 버리고, 집은 젖은 이끼로 뒤덮여 버릴 것이다. 사티는 힘을 주어 발걸음을 옮겼다.

사티는 자신의 집으로 빨리 가고 싶어졌다. 자신의 몸뚱이의 상태에 따라 커졌다가 작아졌다 하는 집. 자신의 기분에 따라 빨갛고, 하얘지는 집. 자신이 원한다면 바다나 설산까지도 걸어갈 수 있는 집. 자기 집의 심장인 사티가 펄떡이며 숨을 쉬면 집도 숨을 쉰다.

사티는 생각했다. 자신이 무엇인가를 진심으로 갈망한다면 지붕이, 현관문이, 닭장이 그리고 두 눈이 올려다본 하늘과 자신의 발이 디딘 땅도 그것을 배울 것이라고….

사티가 안타까운 마음으로 다시 한번 고개를 돌려 빈 집을 돌아다보았다.

목이 메도록 쓸쓸한 텅, 빈 집이 거기 있다.

달래 할머니의 빈 집처럼 신성이 깃든 매우 힘이 센 빈집은 기세가 약한 주변의 집들을 감화시킨다. 하나둘 모두 비게 만든다. 집들에게 쫓겨나는 사람들은 갖가지 이유를 대지만, 빈집들이 빈집들끼리 서로 힘을 모아 사람들을 떠나게 만드는 것이다. 그래서 텅 빈 집들은 서로 모여 있다. 텅 빈 집들이 모여 마을이 비고, 도시가 비는 것이다. 빈 도시는 인접한 도시를 바림하듯 물들이고 감화시켜 텅 비게 한다.

빈 것들은 모든 것을 잡아먹을 수도 있고, 꽉 채워 넣었다가 어느 순간 뱉어버릴 수도 있다. '텅 빔'의 힘을 아는 사람들은 공연한 짓을 하지 않는 '무분별의 빔'에게 고개를 숙이고 경배하게 된다.

지금 이 집도 저 텅 빈 집을 배워 텅 비게 될까? 그렇다면 이 집이 나를 비워내려고 알도를 부른 걸까? 사티는 텅 빈 집의 손짓을 보며 그렇게 생각했다.

문득, 집 앞에 서 있던 사티는 바짓가랑이가 팽팽해짐을 느꼈다. 강아지였다.

이 녀석이 어디에 있다가 나타난 거지? 그러고 보니 할머니가 두어 달 전쯤, 갈색 코를 가진 강아지를 품에 안고 녹두죽을 가져다준 기억이 났다.

많이 컸네? 그런데 이름이 뭐였더라? 생각이 나지 않는다.

"저리 가라 얘~ 난 물컹물컹하고 따듯한 애들 별로거든? 체온이 있는 애들은 싫어도 내가 막 돌봐야 할 것 같거든? 미안해. 이름 까먹은 것도 미안하고~"

사티는 강아지를 떼어 놓으려고 종종걸음으로 뛰었다. 장난을 치는 줄 알았는지 강아지는 사티보다 더 빨리 종종종 쫓아와 앞질러 갔다.

할머니가 없는 사이 이 아이를 대신 맡아주어야 하나? 라고 사티가 이웃된 도리를 더듬어 생각할 즈음, 쑥~ 하고 맨홀에 빠지는 기분이 들었다.

아이쿠! 사티가 잔설에 엉덩방아를 찧었다. 술이 확 깨는 충격이었다. 그 순간, 눈길 위에서 달리기를 한 자신을 탓하기도 전에, 주저앉아 있는 사티 옆으로 바람처럼 쌩하니 무엇인가가 지나쳐갔다. 녹색 경광등이 달린 응급 이송 차량이었다.

화들짝 놀란 사티는 저런~ 쓰~, 욕지기가 튀어 나갈 뻔했다. 공포는 흉악한 생김새보다 예상치 못한 빠른 속도에서 나온다. 사물과 공간이 가지고 있던 본래의 리듬 속도를 휘저어버리고, 뒤집어 버리는 폭력. 미처 태도를 정하기도 전에 무참하게 상황이 종료되어버리는 급속. 예상 밖의 빠른 속도 앞에서는 늘 섬찟하고 분하다.

강아지가 넘어진 사티를 뒤로하고 이번에는 응급 차량을 쫓아 뛰었다. 응급 차량은 달래 할머니 집 앞에 멈춰 섰다. 한 사내가 차량에서 내려서는 것이 보였다. 그 사내는 강아지를 뭐라고 부르더니 안아 들었다. 동시에 사티의 입에서도 아~ 하고 탄성이 나왔다. 그 남자의 소리는 들리지 않았지만, 강아지의 이름이 '태백이'라는 확신이 들었다, 뭐든 걸리면 닥치는 대로 입에 물고 날뛰다가 형체를 발기발기 해체해 버리기를 좋아한다는 녀석.

"이놈 이름이 '태백'이야. 우리 아들아이를 내가 주태백이라고 부르거든…."

달래 할머니가 태백이를 쳐다보는 눈빛은 자애로웠다. 술을 이태백만큼이나 좋아하는 아들을 쳐다보는 눈빛이었을 것이다. 술 취한 사티를 바라보는 눈빛 또한 아들과 태백이를 바라보는 눈빛과 다르지 않을 것이다.

사티는 할머니의 말씀을 기억한다. 한때 만화가였던 아들이 술을 너무 좋아해, 병원에 입원했다가 단주를 위해 그 병원의 응급 차량을 몰면서 사회 적응 기간을 갖는 중이라고 했다.

사티는 할머니가 119구급차량에 실려 간 것을 아들에게 말해주어야 하는지에 대해 잠시 고민했다. 그러나 강아지를 안은 남자가 주저 없이 할머니의 빈집으로 쑥, 빨려 들어가는 것을 보고는 걱정을 놓았다. 그는 이미 어머니의 응급 상황을 119에 먼저 전화한 장본인이거나, 어머니의 중요한 물품을 챙기러 온 응급한 사람이라는 예감이 들었다.

빈집이 아들을 기껍게 흡인하는 모습을 보여주고, 사티 자신에게 그렇게 추측하도록 해준 것이라고 생각했다.

“내비게이션도 여기 잘 못 찾거든?”

너무 엉덩이가 아프네. 사티가 혼자 중얼거리며, 통화를 하고 있는 알도를 지나쳐 소파에 비스듬히 앉았다.

“그래. 일단 와서 얘기해.”

알도가 통화를 종료했다.

"누가 와요?"

사티의 목소리가 스프링처럼 튀었다.

지금 누가, 누구 마음대로 이 집을 와요? 사티가 재차 물었다.

"오래전에 잡힌 인터뷰예요."

하아~ 참네, 사티가 한숨을 내쉬며 술을 가지러 냉장고로 향했다. 알도가 사티의 앞을 막아섰다.

"인터뷰 끝내고 마셔요."

"비켜요."

"인터뷰 취소할까요?"

단호한 알도의 말에 사티가 주춤했다.

"작가님이 선택하세요. 모조리 중단해도 됩니다. 원고 쓰는 게 지금 중요할까요?"

"…."

"잊은듯하니 다시 한번 환기시켜드립니다. 6일 남았습니다!"

알도가 또박또박 말했다.

"이 집에서 저 빈집으로 이사 갈 날이요?"

사티가 손가락으로 하늘을 가리켰다.

"계약 기간이 만료되면 이사 가는 게 당연한 거 아닌

가요? 이사는 원래 축하받으며 가는 거고요. 그런데 왜 주변 사람들이 이런 이사는 알도 씨처럼 우거지상을 하고 싫어하죠? 이사 갈 집이 하늘이라 어마어마한 평수로 넓혀 가는 게 배가 아파서 그런가?"

통증을 줄이기 위해 손바닥으로 엉덩이를 동그랗게 비비며 사티가 심드렁하게 말했다.

"이 좁은 땅에 남게 되는 사람은요?"

"혹시 가족 나부랭이 같은 거?"

"사티 씨는 그렇다 쳐도…당신을 못 잊어할 사람들…."

"내가 알게 뭐예요? 사랑이니 가족이니 뭐니 그딴 게 100g에 얼만데요? 술이나 주세요!"

사티의 말이 끝나기 무섭게 알도는 냉장고에서 술병을 꺼냈다. 체스를 놓듯 주방 식탁에 술병을 한 병, 한 병 포진시켰다.

"그럼 마셔요."

알도가 차갑게 말했다.

식탁 의자에 앉은 사티가 병맥주를 체스판의 퀸처럼 대각선으로 쭉 끌어 자신의 가슴 앞에 위치시켰다. 그리고는 병맥주를 대신해 굵은 목소리로 외쳤다.

체크메이트!

사티는 선뜻 술병을 따지 않고, 한참 동안 퀸을 노려보았다.

"난 지금 외통수에 걸렸어요. 나는 이번 판에서 성공하고 싶고, 돈 벌고 싶고, 유명해지고 싶거든요?…. 그런데 체크메이트야. 술 앞에서는 무력한 외통수…게다가 당신은 살면서 한 번도 진지해 본 적 없는 내게…뭘 시작도 아직 안 해본 내게…곧 이 판이 끝날 거라고 틈만 나면 떠벌리고…."

부릅뜬 사티의 눈에 핏발이 섰다.

"술이 무서워…. 알코올이 몸에서 마지막으로 빠져나갈 때 세상의 끈을 놓아버릴 것만 같고, 변기에 빠진 벌레보다 더 비참하고 내가 나를 범해버리고 싶고…. 아무튼 너무 미치도록 황폐하고 끔찍하단 말야!"

사티가 기운 없는 손을 떨며 병맥주를 열었다.

"사티 씨가 엄마 뱃속과 연결된 탯줄을 끊고 이 세상으로 이사 온 거잖아요. 그리고 다시 이 세상과 연결된 끈 끊기면, 저 하늘 빈집으로 다시 이사 가야 하는 거 맞아요. 이사라는 건 형편 따라 인연 따라 자연스럽게 하는 거잖아요. 그런데 에틸알코올이라는 화학 물질 때문에 끈이 끊긴다는 거 너무 자존심 상하지 않아요?"

"…."

"무거운 이삿짐은 저에게 다 맡기고 가요. 그러려면 날 이 집에 이사 가는 날까지만 머물게 해줘요."

알도의 말이 끝나자 사티가 병맥주를 입에 꽂았다. 하얀 목울대가 폭포처럼 꿀렁이며 요동쳤다.

"싫어요!"

병에서 입을 뗀 사티가 숨을 몰아쉬며 말했다.

"신발 한 짝을 찾을 때까지 저는 나갈 수 없어요."

"나가요!"

"그럼 좋아요. 그런데…연출과 대본은 이인삼각으로 한배에 탄 몸인 건 아시죠? 우린 긴장된 부부 같은 사이여야 해요. 작품, 성공하고 싶다고 했지요? 유명해지고 싶다고 했지요?"

사티가 맥주병을 움켜쥐었다. 다시 맥주를 마신 사티는 소금 통의 뚜껑을 열어 안주로 소금을 집어 먹었다. 이미 다른 안주는 몸에서 받지를 않았다.

"진짜 연출만 아니라면…똑바로 들어요. 신발만 찾으면 바로 당장 나가세요!"

짠맛 때문인지 질기디질긴 알도 때문인지 모르지만,

인상을 찡그린 사티가 목소리를 누그러뜨렸다.

"찾는 즉시 바로!"

알도는 쓴웃음을 지었다.

"저건 뭐예요?"

냉장고 앞에 기대놓은 식료품들을 가리키며 사티가 물었다.

"내가 먹을 쌀이에요. 6일 치 양식…. 작가님은 앞으로 제 밥상에 숟가락만 하나 얹으시면 됩니다."

"마늘 먹인 쌀에 쑥 호빵? 무슨 호랑이하고 곰이에요?"

식료품 포장에 쓰인 글자를 본 사티의 말이었다.

"…."

"사람이 무지 되고 싶은가 보죠?"

사티가 물었다.

"……작가님은 곰이고, 저는 호랑이 하면 되겠습니다."

"그럼 단군 같은 작품이 순풍 나온답니까?"

"짐승이 글도 씁니까?"

"?"

"술은 짐승 되고 싶은 이들이 즐기는 양식 아니겠습니까?"

알도가 말했다.

“그래요. 저는 더 열렬하게 짐승이 될 테니, 당신같이 사람 흉내 내는 치들이나 열심히 마늘, 쑥 드세요!”

사티는 짐승같이 얼굴을 일그러뜨리더니, 자신의 방으로 들어가 버렸다.

알도는 식탁에 앉아 바로크 진주를 꺼내 퀸의 병 입구에 올려놓고, 사티의 목소리를 흉내 냈다.

체크메이트.

사티를 처음 본 날을 기억한다. 엘리베이터 안이었다. 그녀는 난생처음으로 방송국이라는 곳을 와 본 날이었고, 난 처음으로 여자와 엘리베이터 안에 함께 있다는 사실을 화인처럼 받아들인 날이었다.

그녀는 촌스러웠고, 난 어리숙했다. 그날, 12층 드라마국을 올라가기 위해 엘리베이터를 탔고, 사람들 틈바구니에 낀 그녀는 보이지 않았다. 한층 한층 올라갈 때마다 사람들이 빠져나갔고, 그녀의 존재는 점점 더 선명하게 드러났다.

엘리베이터가 고층으로 올라갈수록 내 시야는 그녀 쪽으로 흘렀고, 그녀가 내 시야를 완전히 뺏은 것은 7층이었다. 그녀가 하품을 입도 가리지 않은 채, 하아아함~ 하는 소리와 함께 고요한 공간을 우렁차게 진동시켰다. 그녀는 무심결에 하품을 하고 나서야 황급히 입을 가렸다. 딴생각에 빠져 있다가 뒤늦게 정신 줄을 잡은 것이다. 그녀는 부끄러워했고, 나는 웃음을 참아야 했다. 물론 그녀와 나를 제외한 나머지 다섯 사람도 엘리베이터의 전광판 숫자를 두 눈 치켜뜨고 바라보며 웃음을 견뎌야 했다.

8층에서 2명이 내렸을 때, 혹시 그녀도 창피한 마음에 그들과 함께 섞여 내릴까 봐 조바심이 일었다. 그러나 그녀는 용케 내리지 않았다. 묘한 예감이 뿌리내린 것은 그때였다. 그녀가 나보다 빨리 내리지 않을 것이란 확신이 섰고, 그녀와 나의 주위에 자욱한 안개처럼 깔려있던 3명이 어서 내려주기만을 바랐다.

9층에서 안개들이 모두 내려주었고, 다시 엘리베이터 문이 닫혔을 때는 덜커덩, 심장이 뛰었다.

내 앞에 그녀, 그리고 그녀 뒤에 나.

적요寂寥.

그녀와 나는 깊디깊은 연못을 사이에 두고 서 있었다. 그녀에게서 전해져 오는 서늘한 기운이 대나무 부딪는 소리를 내며, 날카로운 혀를 내밀어 내 몸을 희롱했다. 불편했지만 무엇인가가 목구멍까지 차올랐다. 빠듯하게 치밀어 올라 가까스로 감당할 수 있었던 설렘의 즙이 목구멍을 지나 볼과 귀까지 붉게 물들여 놓았다. 맹렬했다.

그녀는 저 맥주병의 퀸처럼 우뚝 서서 나에게 체크메이트를 부르고 있었다. 그때, 나는 사각으로 꽉 막힌 금속의 엘리베이터 안에서, 그 어디로도 도망칠 수 없는 지독한 외통수에 걸렸음을 인정해야 했다.

그날 처음으로 내 몸의 땀 냄새가 신경 쓰였다. 그 당시는 옷을 벗어 따로 세탁할 시간이 없어서 한꺼번에 싸구려 티셔츠를 여러 벌 사서 어느 정도 입다가 버리고, 다시 새것을 걸쳐 입고는 하던 때였다. 바쁘다고 하소연할 시간이 있다면 호강이었다.

내 머리카락이 조금이라도 흔들리면 그녀에게 땀에 전 냄새가 풍길까 봐 꼼짝하지 못했다. 솜털들도 부동자세였고, 숨조차 제대로 쉬지 못했다. 결단코 여자 앞에서 그런 것에까지 신경 써본 일은 그날이 처음이었다. 어느 정도 익숙해진 사이가 됐을 때, 그녀는 땀 냄새를 풍기는 나에게 말했다.

'당신에게서 교도소에 오랫동안 갇혀있는 사람들 냄새가 나요.'

10층에 도착했을 때, 반사된 엘리베이터 문을 통해 나와 그녀의 전신을 정면으로 볼 수 있었다. 엘리베이터에 비친 그녀와 나는 고분 벽화에 나오는, 한 벌의 치마에 아랫도리를 함께 집어넣고 있는 복희伏羲와 여와女媧거나 엘리베이터라는 토굴에 갇혀 운명을 함께해야 하는 헨젤과 그레텔 남매의 형상이었다.

체크메이트.

11층에서 문이 열렸지만, 그녀는 꿈쩍하지 않았다. 예감은 했지만 열린 문을 멍하니 바라만 보고 있는 그녀가 변심하지 않은 조강지처나 된 것처럼 고마웠다. 더는 타는 사람도 내리는 사람도 없는 11층에서 은산철벽銀山鐵壁의 엘리베이터 문은 다시 닫히고, 12층까지의 거리는 길고 멀었다.

12층에서 그녀가 내리지 않으면 나도 내리지 않으려 했다. 그러나 땡, 소리와 함께 그녀가 발걸음을 떼었다. 나도 그녀와 동시에 나란히 발걸음을 떼었다. 나란히 엘리베이터 문을 통과하려 했던 것이 무리였을까? 그녀는 급하게 빠져나오는 나를 책망하듯 돌아보았다.

그녀의 눈초리를 외면하고 나란히 은산철벽의 토굴에서 빠져나올 때, 내 머릿속에는 트럼펫이 울렸다. 빠빠빠 빠빠

바바마 딴따따다다~ 멘델스존의 결혼행진곡이었다.

내 입은 헤벌쭉 벌어져 웃음이 흘렀고, 그러거나 말거나 그녀는 이내 처음 와 본 방송국에서 스타의 얼굴이라도 볼 양인지 주위를 연신 두리번거리기에 바빴다. 텔레비전에 얼굴 한 번 들이밀어 보지 못한 나는 그녀에게 잘 닦인 엘리베이터 문짝만도 못한 존재였다.

토굴에서 빠져나온 우리는 함께 같은 방향으로 나란히 걸었다. 그녀가 힐끔거리며 나를 경계했지만, 내 귓전에는 멘델스존의 행진곡이 거푸 재생되고 있었다. 드라마국의 문은 내가 열어서 잡아주었고, 그녀는 나를 보고 토끼 눈을 한 채 쑥스러운 웃음을 지어 보였다.

그녀를 처음 보았을 당시, 나는 내 작품을 하겠다는 희망에 부푼 애송이였고, 그녀 또한 자신의 작품에 대한 열망으로 가득 찬 꼬마 작가였다.

그 이후로 나는 그녀 주위를 맴돌았다. 태양 주위를 떠도는 행성이었다.

체크메이트.

그녀와는 특별한 사건도 없었고, 눈물겨운 고백도 없었으며, 감동할만한 역경도 없었다. 다만 뚜렷한 한 가지, 그녀가 없으면 불안해진다는 것이다. 그것 말고는 그녀와 나 사이를 설명할 어떤 수식도 가지고 있지 못하다.

그녀가 내 옆에 있을 때 나는 그녀를 완전히 잊을 수 있고, 그녀가 내 곁에 없을 때 나는 그녀를 한시도 잊을 수 없다.

그러나 지금은, 내 옆의 그녀 때문에 '나'라는 존재를 자꾸 깜박깜박 잊어버린다.

체크메이트

현관 벨이 울렸다. 문은 열려있었다.

"선배님, 안녕하세요?"

기자 후배가 찾아왔다.

"어서 들어와. 여기는 네비도 헤매는 동넨데 잘 찾아왔네?"

후배는 한때 알도와 함께 조연출 생활을 하다가 미래가 안 보인다며 일찌감치 이직한 친구였다.

"사이즈가 맞을지 모르겠습니다. 그런데 갑자기 옷까지 왜 필요하세요?"

옷이 든 쇼핑백을 알도 앞으로 밀어주며 후배가 물었다.

"응, 마늘하고 쑥만 먹고 한동안 버텨야 해서…."

"네에?"

"나, 이번 기회에 진짜 사람 좀 돼보려고…."

후배는 오타쿠들의 작품을 보았을 때 지을만한 미소를 띠고는, 공범의 목소리로 은근히 속삭였다.

"대박 작품만 만들면 하룻밤 사이에 호랑이도 곰도 사람 되는 거 아닙니까? 짐승도 슈퍼스타 그냥 쉽게 되는 세상이고요. 인생 매끄럽게 가시죠?"

"그래 나도 한번 빤지르르하게 가 볼 테니 부탁 하나 들어주라."

알도가 후배 기자의 무릎을 진지하게 잡았다.

"작가 인터뷰하고 기사 쓸 때, 이번에 제대로 한번 조명해줘. 지면도 좀 왕창 내주고, 정말 아까운 작가거든? 작품 이야기나 캐스팅보다 작가를 좀 응원해주란 말이야."

"점프시켜주려면 그럴만한 명분이 있어야지요?"

"아, 그러니까 부탁 좀 하자는 거지! 우리 제발 죽고 나서 후회하고 뭐 그런 짓 좀 하지 말자. 응?"

"누가 죽어요? 작가요? 암이에요?"

"아냐, 아냐! 튼튼해! 마고麻姑 할미보다 튼튼하다고!"

알도의 목소리가 갑자기 높아졌다.

"선배님, 왜 그렇게 흥분하세요?"

"그럼 직접 봐! 그리고 기사 좀 빨리 땡겨서 내주라."

"혹시 인터뷰 너무 늦게 왔다고 타박하시는 거예요?"

"아냐. 아냐. 지면에 얼굴 좀 대문짝만하게 내주고 알았지? 정말 아깝고 대체 불가인 위대…그래 위대한 작가거든?"

"하하하 위대요? 참 내, 작가한테 용돈 받았어요? 도대체 왜 그러신데?"

알도는 축 늘어진 어깨를 하고 사티의 방으로 향했다.

사티 씨 일어나요!

알도가 작업 방에서 잠들어 있는 사티를 흔들었다.

입을 벌린 채, 깊이 잠든 위대한 사티는 아무런 저항 없이 흔들렸다. 저항 없음은 섬뜩함을 부르거나 깊은 연민을 불러일으킨다. 대상에게 가해졌던 행위와 감정이 부메랑처럼 다시 돌아와 흔들었던 사람의 발밑을 돌아보게 한다.

사티의 입은 단단하게 벌어져 있었다. 알도는 문득 그녀의 이 세상 마지막 모습도 이러할까 하는 생각이 들었다. 곧 온기가 빠져나가 식어버릴 몸뚱이.

차가워진 몸뚱이가 다른 세상의 문턱을 넘으며 가장 먼저 하는 일이 입을 벌리는 일이다. 아무 힘도 들이지 않고, 스스로 기운이 놓이면 입은 허공을 향해 벌어진다. 마치 아기가 '아~'하는 모습과 흡사하다. 아기는 엄마, 아빠라는 말을 배우기 전에 입을 벌리라는 뜻의 '아~'라는 행위를 먼저 체득한다.

입을 벌려야 산다.

'아~'는 먼저 태어난 선배들이 가르치는 생존의 첫 가르침이다. 젓이 입에 물리든, 이유식이 담긴 수저가 들어오든 자신의 어느 한 구멍을 크게 열어 세상을 받아들여야 산다. 그러나 시체는 허공을 향해 아무리 입을 크게 벌려도, 더는 이 땅의 어느 것으로도 채워지지 않는다.

인간은 입을 열어 세상과 관계 맺고, 다시 세상과 이별하며 입을 연다.

시체는 또 다른 세상의 문을 열자마자, 다시 '아~'하고 입을 여는 것이다. 무엇을 달라고 보채는 것일까. 무엇으로 채워지기를 원하는 것일까.

사티는 혼곤한 잠에서 깨어나지 않았다. 방안에는 빈 술병들이 열과 오를 맞춰 차분히 쌓여 있었다. 얼마나 마셨는지는 가늠하기 어려웠다.

알도는 사티의 이름을 부르며 깨우다가, 책상 위에 자명종을 발견했다. 자명종의 알람을 현재 시각으로 맞추어 사티의 머리맡에 놓았다.

자명종이 울었다.

어느 여름이었다. 뙤약볕이 숨통을 턱턱 막아대던 말복즈음이었다. 고등학생이었던 알도는 삼촌 그리고 형님과 함께 개를 잡으러 산으로 올라갔다. 두봉이라는 이름의 그 개는 삼촌이 키우던 개였다. 삼촌은 개의 몸피를 눈여겨보며 여러 해 된장 바를 날만을 손꼽아 기다렸다.

마침내 조카 형제를 불렀고, 산속 음침한 곳에 자리를 펴고 앉았다. 삼촌이 찜통을 휴대용 가스레인지에 올리며 말씀하셨다.

'내가 아무리 독한 놈이라도 키우던 것을 내 손으로는 도저히 못 묶겄다. 목은 네가 메라.'

개 줄이 삼촌의 손에서 알도의 손으로 전해졌다. 물론 그때도 선도는 술에 취해 쌍욕을 중얼거리며 해롱대고 있었다.

형제는 바위로 올라가 바위 가까이에 있는 굵은 나무줄기에 개 줄을 얽어서 걸고, 발을 이용해 바위 아래로 개를 밀어 질식시킬 작정이었다. 잔뜩 긴장한 알도와 겔겔겔 웃음을 흘리던 선도는 바위 위에 서서 심호흡을 했다. 심각한 폐병에 시달리던 삼촌의 몸보신을 위한다는 명분 아래 불퇴전의 각오를 다졌다.

개의 목에 줄을 두어 번 더 단단하게 감아채고, 소나무 가지에 줄을 걸고 막, 발로 밀어 버리려고 하던 순간이었다. 어디선가 자지러지게 자명종 소리가 울렸다.

순간, 개를 향한 살의의 긴장이 탁, 풀려버리는 것이 느껴졌다. 주위의 모든 생명체에게 하던 행위를 그대로 멈추라고 일갈하는 벼락같은 스톱 사인이었다.

등산객이 지나가는 길이 근방에 있었지만, 거의 이용하지 않는 길이었기에 난데없는 산속의 자명종 소리는 머리카락을 쭈뼛 서게 했다. 무엇보다 개의 생사가 촌각에 결정되는 순간이라 자명종 소리는 더욱더 차가운 죽비가 되어 귀청을 때렸다.

세 사람은 두봉이를 나무 아래에 묶어놓고, 가스레인지에 물 끓는 소리를 뒤로 한 채, 자명종 소리가 나는 곳을 찾아 나섰다. 자명종 소리를 방향 삼아 계곡 길로 내려서는데, 갑자기 또 다른 자명종 소리 하나가 수류탄 터지듯 원래 소리에 덧대어 울려 퍼졌다.

그것은 분명 자명종의 손짓이었다. 시차를 두고 터져 나온 두 개의 자명종 소리는 세 사람을 향해 어서 오라고, 더 크게 손짓을 하는 것 같았다.

고요한 산속에서 쇳소리로 울어대는 자명종 소리는 차갑게 찔러오는 단검의 날이었다. 일생을 막일로 살아온 삼촌이 말씀하셨다.

'어떤 구신이 장난을 허냐, 아니믄 덜떨어진 무장공비 새끼가 지랄을 떠냐?'

삼촌의 말이 떨어지기 무섭게 언덕 모퉁이를 돌자마자 삼촌이 바짝 굳은 얼굴로 우뚝 멈춰 섰다.

이런 니미 씨부랄!

머리와 몸통이 분리된 시체였다. 분리된 시체가 세 사람에게 말을 건 것이다. 그 시체의 몸통 밑으로 자명종 하나가 깔려 있었고, 다리 쪽으로 두 개의 자명종이 다정하게 나란히 앉아 울고 있었다.

벌어진 광경 앞에 입을 다물지 못했던 그때, 다시 마지막 남은 하나의 자명종이 울기 시작했다. 몸통에 깔려 둔탁한 소리로 우르르 우르르르르릉~ 울어댔다. 참았던 시간, 억눌린 울음소리였다. 마지막 자명종 소리에 세 사람은 다시 정신을 차릴 수 있었다.

삼촌이 상황을 수습했다. 찜통더위에 나무에 매달려 있던 시신이 부패해서 분리되었고, 아마도 그 시신은 죽기 전, 자신이 발견되지 않을 것을 염려해 하루에 두 번 5분간 울리는 자명종을 세 개씩이나 시차를 두고 알람으로 맞추어 놓았을 것이라는 추측이었다.

자명종의 쇳소리는 죽은 자신을 거두어 달라는 은밀하고 아련한 메시지였다. 나중에 자살로 판명 났지만, 그는 비밀스럽게 죽어가면서도 홀로 부패해 흩어지는 외로움이 싫었던 것이다.

그날 두봉이는 다시 삼촌 집으로 무사히 돌아갈 수 있었고, 삼촌은 죽은 자는 처음 발견할 사람을 선택하는 법이라고 했다. 그 자리는 두봉이가 안내한 자리나 마찬가지라 죽은 자가 선택한 것은 두봉이라고 믿었다. 삼촌은 두봉이가 살아난 기념으로 경찰 몰래 자명종을 나눠 가지자고 제안했다. 알도가 그런 불길한 것을 뭐하러 가지려고 하느냐고 했지만, 삼촌은 자신이 죽는 꿈이 이전의 자기를 버리고 새롭게 태어난다는 의미의 길몽이듯이 똥 무더기 속에서 금은보화를 볼 줄 알아야 크게 성공하는 법이라고 조카들에게 가르침을 주셨다. 결국 취중 관대함이 하늘을 찌르던 선도와 본인이 잡아먹으려 했음에도 다시 두봉이가 생환하게 된 것을 누구보다 기뻐했던 삼촌만 시계를 나눠 가졌다. 마지막 남은 자명종의 행방을 알도는 잘 기억하지 못한다.

두봉이는 산에 다녀온 후 일주일을 시름시름 앓다가 허망하게 자명종 시신의 뒤를 따랐다. 예상하지 못한 죽음이었다.

삼촌은 연신 씨벌씨벌을 뇌까리며 귀신이 살린 놈도 제명은 어쩔 수가 없는 것이라며, 차라리 그때 잡아 먹어버릴 것을 그랬다고 후회했다. 삼촌은 투덜거리면서도 알도와 함께 두봉이를 먹지 않고 뒷산에 묻어 주었다.

구덩이에는 뻣뻣하게 입을 벌리고 죽은 두봉이와 술戌시에 시간을 맞추고 새 건전지로 갈아 끼운 그 자명종을 함께 묻었다. 삼촌은 개의 시간이 되면 알람 소리에 두봉이가 깨어나서, 개 줄 없는 세상에서 맘껏 뛰어놀았으면 좋겠다는 추모담을 남겼다.

두봉이가 떠난 후로 저녁 7시에서 9시가 되면 삼촌은 말했다.

'우리 두봉이가 우는 소리가 우르르 우르르르릉~ 이명처럼 귓속을 후벼 파네. 닝기리 한 잔 빨아야 이 소리가 안 들리지. 다시 가서 재수 없는 그거 파버리까?'

가끔 문득 술시에 시선이 시계에 머물면 두봉이, 삼촌,

선도의 자명종이 시차를 두고 돌림 노래처럼 울어 재끼는 소리가 알도의 귀에 들렸다. 지금은 개의 시간임을 사이렌처럼 환기시켜주는 것이다. 개의 시간인 술시가 되면 그 시간은 술 마시기에 딱 좋은 때라고 했던 삼촌과 선도 그리고 한여름 몸통이 분리되어 개죽음한 자명종 인간이 모여, 두봉이를 발로 밀어버리려 했던 그 바위 위에 앉아서 술상을 벌이고 있는 모습이 스틸 컷으로 펑!펑! 소리를 내며 떠오른다. 물론 두봉이 목에 단단히 얽어 매여 있던 개 줄은 그들 모두의 목에도 두어 바퀴 단단히 감겨져 있다.

자명종의 알람이 계속 울렸다.

그 여름 뙤약볕 아래에서 보았던 그 시신처럼 사티도 아무 말이 없었다.

…….

산 자와 죽은 자의 경계는 얇고 투명하다. 그렇기에 일상에서도 생과 사가 삼투되어 오간다. 잠은 살아있는 죽음이고, 추억 또한 이미 그 시간에 죽어버린 자들의 생환이다. 사람은 잊지 못할 추억과 깊은 잠의 힘으로 이 세상을 견딘다. 내 산 몸에 중첩되어 있는 죽음의 기운을 빌어 생의 기운을 돋운다. 생과 사의 기운이, 낮과 밤이 그러하듯 짙고 강렬한 쪽으로 삼투되어 서로 밀어내고 밀리며, 위태하지만 우리를 살아내게 한다.

술 좀 줘요.

잠이 덜 깬 사티의 말에 알도는 술잔 대신 물수건을 건네주었다.

"정신 좀 차리고 취중 인터뷰로 설정해서 인터뷰하는 게 어떨까요?"

"이게 술이야? 걸레지."

물수건을 알도에게 던지며 사티가 화를 냈다. 이빨을 악문 사티는 미간을 찌푸리고 겨우 일어나 앉아 양팔을 엇갈려 양어깨를 감쌌다.

"술 달란 말이에요. 당신, 알코올이 몸에서 다 빠져나가려고 할 때 얼마나 사람 미치는지 모르지? 아무것도 모르지? 모르겠지! 나 지금 딱 미쳐버리고 싶어. 술 어딨어!"

사티는 열과 오가 잘 맞은 빈 병들을 쓰러트리며 허겁지겁 술이 남은 병을 찾았다. 이때 선배님! 하는 소리와 함께 방문 두드리는 소리가 났다.

사티와 알도는 남은 술을 찾아 이 병 저 병을 흔들어 보았다.

"없잖아!"

사티가 열과 오가 맞은 빈 병들을 성난 파도가 된 두 손으로 확 휩쓸어버렸다.

와카장창, 빈 병 깨지는 소리가 공간을 울렸다.

문 두드리는 소리가 다급하게 울렸다.

"밖에 누구예요?"

양팔로 어깨를 더욱 움켜쥔 사티가 물었다.

"후배예요…."

사티를 바라보며 말하던 알도의 눈이 커졌다. 사티가 움켜쥐고 있는 어깨에서 피가 흘렀다. 깨진 병에 손을 다친 모양이었다. 알도가 사티의 어깨에서 손을 떼어내려 했다. 사티는 꼼짝하지 않았다.

"어서 손 좀 떼 봐요."

"무슨 색이죠?…내 피"

"지금 장난쳐요?"

"무슨 색이냐고요"

"흰색이요, 흰색! 됐어요?"

알도가 말했다.

"…이제야 짐승의 말을 좀 배우셨네?"

사티가 그제야 손을 풀었다. 알도가 사티의 베인 상처

를 확인했다.

"지혈할 약 가져올게요."

"그보다 수혈할 약 먼저! 나 못 견뎌요."

사티가 치켜뜬 눈으로 알도를 바라보았다.

알도가 거실로 나가자, 걱정하던 후배가 다급하게 다가섰다.

"무슨 부부 싸움하세요?"

"아무래도 오늘 인터뷰는 안 되겠다. 미안하다."

"그럼 선배님이 대신 하세요, 인터뷰. 필력도 좋으시니까 마음껏 점프시켜서 그대로 원고 보내주시면 감수만 하고 기사 올려드릴게요."

그래? 알도는 잠시 생각하며 몸을 돌려 냉장고 문을 열었다.

"선배님도 제 원고 도와주시는 거고, 저도 선배님 돕는 셈이고."

"작가에 관한 유일한 기사가 될 거야."

뒤돌아선 채 냉장고에서 술을 꺼내는 알도는 뒷모습만큼이나 표정을 알 수 없는 목소리로 말했다.

"정말 왜 그러세요. 부고 기사도 아닌데. 그런데 선배님, 사람 되려는 꿈같은 거는 꾸지 마세요. 그거 요즘 말로 하면 천국만 분양받으면 자동으로 천사 된다는 심보랑 맞먹는 거거든요? 제 말 허투루 듣지 마시고요. 하여튼 날짐승인 저는 일단 이 기묘한 둥지에서 날아가 보겠습니다."

알도가 냉장고 문 앞에서 후배를 향해 고개를 돌렸다. 이미 뒤돌아선 후배는 마치 까마귀처럼 까악 까악~ 소리를 냈다. 양손을 펼쳐 푸득푸득 날갯짓을 해가며 시커먼 뒤꽁무니만 드러낸 채 현관문 밖으로 빠져나갔다.

벽면

알도는 지혈 밴드와 수혈용 주류들을 한 아름 안고 사티의 작업 방으로 들어갔다. 사티는 유리 파편 사이, 바닥에 비집고 앉아 탁상 거울을 들여다보고 있었다. 알도는 그녀의 엉덩이를 피해 그 주변의 유리 파편들을 쓸어냈다. 빗자루질을 하는 알도의 등 위로 사티의 목소리가 얹혔다.

"인디언 같아요?"

알도가 돌아보니 탁상 거울에서 얼굴을 뗀 그녀는 오른쪽 볼에 피 칠을 하고 있었다. 볼에는 물을 상징하는 괘인 감괘坎卦가 그려져 있었다. 세 가닥 선(☰) 중에 위와

맨 아래는 손가락에서 흐르던 피가 부족했는지, 중간이 끊어져 있었다. 본의 아니게 '구덩이에 빠지다'라는 의미를 가진 주역의 감괘가 얼굴에 아로새겨져 있었다.

"태극기 같네."

알도가 나지막이 말했다.

사티는 태극기 얼굴로 술 중에서 아메리칸 단풍나무 향을 품은 잭 다니엘을 선택했다. 병마개를 열어 쏜살같이 술병을 입에 꽂았다. 술이 목젖을 타 넘으며 꿀렁, 태극기가 펄럭였다. 눈두덩부터 태극 문양으로 빨갛게 달아오른 사티는 취한 태극기였다. 미국 테네시 위스키인 잭을 마신 그녀는 대한민국 만세를 부를 것처럼 더는 행복해질 수 없다는 표정을 지었다.

"얼굴에 작대기라도 그려 인디언이 되지 않았으면 미쳤을지도 몰라요."

태극기 국민이 아니라 인디언이고 싶은 사티가 말했다.

알도도 그 말이 맞을 거라 생각했다. 알코올이 바닥나고 황폐감에 시달릴 때의 형이 늘 그랬다. 미치지 않으려면 무언가 관심이 쏠릴, 엉뚱하고 희한한 짓을 해야만 그나마 정신 분열을 잠재울 수 있는 것 같았다. 완전히 미쳐지지도 않고, 그렇다고 제정신으로 돌아가기 위해서는 너무도 멀고 끔찍한 강.

'미 · 친 · 다' 이외에는 표현할 길이 없는 질식의 절벽.

하지만, 남들은 절대 알지 못할 그 고통스러운 강을 언제고 한번은 건너야 한다. 물론, 건널 필요 없으면 고통받지도 않는다. 그러나 그 방법은 단 한 가지밖에 없다. 흔들리는 발아래 자명종을 맞추는 방법.

"나는 이다음에 인디언처럼 풍장을 하고 싶어요. 빗물이 목욕도 시켜주고, 바람에 살점도 뚝뚝 떼어주고, 살이 다 녹은 흰 뼈가 시냇물가 무뚝뚝한 돌멩이 사이로 막 굴러다니는 그런 유머…하늘과 땅, 바람과 함께 노느라 흰 뼈가 깔깔 웃다가 시나브로 골짜기에 티끌로 스며들어 자취도 없어지는 그런 거요. 죽어서도 답답한 곳은 사양입니다."

"천화遷化라고 하더군요. 이승에서 할 일을 다 마치고 다른 세상에 등불이 돼주기 위해 옮겨가는 일. 아무도 시신을 찾을 수 없는 산속으로 홀로 들어가 곡기도 끊고 미련도 끊은 채, 탈진한 채로 누워 뭇 짐승들처럼 다른 산 것들의 밥이 되어 주는 적적한 그런 결말 말입니다. 후회 없이 죽는 일은 아무리 오대양 육대주를 다니고 산전수전을 다 겪었다 해도, 원래 있던 그 자리에서 한 발자국도 움직인 바 없고, 자신이 이 세상 모든 것을 만들어 놓은 것을 알고, 그 장터 바닥에서 한바탕 춤추고 잘 놀다 간다는 사실을 사무칠 수 있는 사람. 그런 것이 파안대소하는 흰 뼈가 될 수 있는 방법이 아닐까요?"

"원래 인디언들이 '웃는 흰 뼈'들이었다죠? 그런데 그들도 총과 물질 앞에서는 힘을 쓰지 못했어요. 어쩌면 총보다 위스키에 먼저 무릎을 꿇었을지도 모르고요. 아파치족의 마지막 전사, 제로니모라는 자가 있었거든요?"

핏물이 말라서 색이 바랜 인디언 문양을 거울에 비춰 보며 사티가 말했다.

"그 사람 본명이 뭔지 아세요?"

사티가 물었다.

"?"

"'하품하는 자'에요. 가장 용맹스러운 인디언 최고의 전사 이름이죠."

사티가 잭 다니엘을 다시 집어 들었다.

"너무 독하지 않아요?"

알도가 자신도 모르게 툭, 말이 삐져나왔다.

"당신 말대로라면 이 독한 것을 먹어도 죽고, 안 먹어도 6일이면 죽어요. 웬 걱정?"

사티는 양주를 덥석 입에 물었다. 어느새 목울대가 한 번 출렁였다.

"내가 당신에게는 '하품하는 자'였죠? 아마?"

사티가 말했다.

"아주 길고 긴 하품이었죠."

알도가 답했다.

언젠가 하품하는 모습이 참 예뻤다고 했을 때, 무척 부끄러워했던 사티였다. 알도는 사티를 떠올리면 제일 많이, 가장 강렬하게 떠오르는 장면이 그녀가 하품하던 모습이었다.

첫눈에 반해 보지 않은 사람은 전혀 이해하지 못한다. 한 사람의 심장으로 또 한 사람이 걸어들어올 때는 어처구니없는 순간일 때가 많다. 선사들이 깨달을 때와 흡사하다. 닭 울음소리나, 낙엽이 뒹굴 때 혹은 촛불이 꺼지는 순간처럼 전혀 예측할 수 없는 엉뚱한 순간에 세상은 벼락처럼 새롭게 열린다. 알도에게 벼락이 된 그녀의 모습은 하품이었다. 사티는 그런 알도를 어이없어했다. 그러나 사티에게도 알도의 말은 쉬이 잊히지 않았다. 터져 나온 하품은 한 자나 본 자나 피차간에 거짓이 붙을, 조작이 없는 자리이기 때문이다.

"영웅이자 전설의 전사인 '하품하는 자'가 어떻게 죽은 줄 알아요?"

"기병대에게 총 맞아 죽었으려나?"

알도가 사티의 손에 들려 있던 책 다니엘을 자신의 손으로 은근히 옮겨왔다.

"아니요. 초원을 훨훨 날던 전사는 돈을 벌기 위해 국제박람회에 구경거리로 전시되기도 했고, 판매전시장에서 활이나 화살을 만들어 관광객들에게 파는 장사꾼이 됐어요. 그러던 어느 추운 겨울날, 이미 술고래가 되어버린 제로니모는 활을 팔아 번 돈으로 술을 진탕 퍼마시고 마차를 몰다가 졸다 떨어졌어요. 그리고 몸뚱이 위로 겨울비는 추적추적 내렸고, 그렇게 술에 취해 찬비에 젖어 영영 깨어나지 못했어요. 그 영웅이…이름만 대도 아이들이 눈물을 그쳤다는 그 전설이 말이에요."

사티가 말을 잠시 멈췄다. 제로니모 삶의 어떤 파동이 그녀의 형편과 공명을 일으켰는지 그녀의 눈에 눈물이 어렸다.

"한 마디로 배 터지게 술 마시고, 지금으로 말하면 자동차 몰다가 하품 나오는 죽음을 맞이한 거지요. 그런데 그 전설을 잡아먹은 게 정녕 술이 맞을까요?"

사티가 일부러 씩씩하게 목소리를 높였다. 알도가 사티를 마주 쳐다보자, 사티는 눈물을 감추기 위해 흰자위가 많아진 눈으로 이리저리 눈동자를 굴렸다.

아무것도 알 수 없지요.

사티가 혼잣말로 읊조리더니 알도의 손에 쥐어져 있던 술을 다시 자신의 손으로 휙, 잡아채 왔다. 알도가 가만히 작은 잔을 사티 앞에 내밀었다. 사티는 알도를 힐끔 쳐다보더니 다시 술병 채 입으로 가져갔다. 알도가 사티의 손을 잡았다.

"지금 인터뷰할 겁니다."

알도가 말했다

"앞으로 내가 술 마시는 거 방해하지 않는다고 약속하면요."

"지금까지 말리지 않았어요."

"당신은 늘 말렸어요."

"그렇지 않아요."

"그런 눈빛을 가진 사람 앞에서 마시면 내가 죄인이

돼요. 그런 눈빛은 숨고 싶게 만든다고요!"

"…."

알도가 잡고 있던 사티의 손을 힘없이 놓았다.

맨정신의 형은 알도의 눈을 마주 보지 못했다. 늘 엇갈린 시선이었다. 알도는 시선을 주지 않는 형 때문에 그 속을 알 수 없어 늘 물어봐야 했다. '형, 내 말 듣고 있어요?' '형, 싫어요?' '형, 괜찮은 거예요?' 그러나 형은 술에 취하면 알도를 뚫어버릴 것 같은 형형한 눈빛으로 쏘아보았다. 오히려 알도가 형의 이글거리는 눈빛을 피해야 했다.

어쩌면 형은 가족들의 무언의 눈빛을 이겨내기 위해 끊임없이 더 많은 술이 필요했는지 모른다. 가족을 똑바로 바라볼 용기를 내기 위해서…아직 이 세상에 숨 쉬며 살고 있다는 존재감을 그만의 방식으로 외쳐보려고….

알도는 조용히 휴대폰의 음성녹음 앱을 실행시켰다.

"이 인터뷰 기사는 제가 씁니다. 취중 인터뷰 형식으로 실릴 겁니다."

"맘대로 하시지요."

알도가 빨간 동그란 타원의 녹음 버튼을 터치했다.

"먹고 싶은 게 뭡니까?"

"음…돼지 족발? 술안주는 아니에요."

"누가 뭐라 했나요? 그런데 그런 것 말고 언젠가는 꼭 한번 먹어보고 싶었던 거라든지 …."

"비싸고 좀 있어 보이는 음식 같은 걸 원하시는 거예요?"

사티가 심드렁하게 물었다.

"아니요. 그래도 오랜 기간 꿈꿔왔던 음식이랄까"

"민물고기, 냇가에서 바로 잡아서 그 자리에서 초장 푹 찍어 먹는 거"

"네?"

"또 왜요~. 초등학교 때 시골 외갓집에 갔는데 동네 아이들은 꺽지랑 피리 같은 거 잡아서 초장 푹푹 찍어 먹는데 난 여자라고 먹어보라고 권하지도 않더라고요. 그런데 두고두고 입속에서 산 고기가 퍼덕대는 느낌이 어떤 걸까 싶었어요. 뱉어버릴지도 모르지만 도전해 보고 싶어요."

"먹는 건 됐고요. 그럼 꼭 한번 가보고 싶은 곳은요?"

알도가 물었다.

"교도소"

"갇혀보고 싶다는 뜻이에요?"

"남들이 앗, 뜨거워라 하는 곳이어서 내가 직접 확인해 보고 싶어요. 덤으로 교도소 창틀에 핀 들꽃이나 비둘기를 보면 정말 생명이 존귀하다는 것이 절절하게 느껴지게 되는지도 확인하고 싶고, 교도소 쇠창살 너머로 보이는 구름이 모이고 흩어지는 모습이 얼마나 아름다운지도 궁금하고요. 무엇보다 남들 시선이 무서워서 하지 못한, 나쁜 짓 좀 많이 많이 해보고 싶어서요. 그럼 받아주겠죠?"

"발칙한 발상이군요. 교도소는 넘어가겠습니다. 정말 가고 싶은 곳이 어딥니까?"

알도가 다시 물었다.

사티의 눈에 흰자위가 많아진다. 눈물을 감추는 중이다. 사티의 눈물은 언제 출몰할지 모른다. 뜬금없고 이유 없다.

사티가 눈물을 감출 때는 눈동자를 하늘로 튕겨 올리고, 마른침을 크게 삼킨다. 각막으로 치밀어 오르는 물기를 말리고, 누르는 방법이다.

"왜…."

알도는 사티의 눈가에 물기가 차오를 때마다 말을 잇지 못하고 허둥댄다. 사티의 눈물은 모조리 자기 탓으로 느껴진다.

"아이씨, 자꾸 왜 이러지? 들꽃이니 구름이니 아름다움이니 이런 단어는 아주 나빠. 사람을 무장해제 시키고, 똑똑해지지 말라고 속삭인다니까…정작 자기들은 고되게 살면서…이런 단어 부스러기들이 입 밖으로 튀어 나가면, 애쓰고 살아온 내 지난날들까지 다 불쌍하고 서러워진다고…입으로 알코올을 계속 주유하니까, 연소시키려고 저 부스러기들을 나도 모르게 불러내 짠 눈물을 흘리게끔 하는 건가?"

각막에 물기를 머금은 사티가 웅얼거렸다.

"술안주로 눈물이 최고라서 그런 것 아닐까요?"

알도가 말했다.

형은 만취에서 깨어날 때쯤이면 어김없이 물었다.

"나 좀 X나게 울고 싶어. 자꾸 슬퍼질라 그래"

어머니나 알도의 대답은 거의 정해져 있었다.

"맘대로 해"

형은 눈을 감고, 깊은 한숨을 토하며 슬픔을 부른다. 형의 입에서 요령을 흔들 듯 구음시나위 같은 낮은 신음이 새어 나온다. 시나위를 들은 슬픔이 쭈뼛쭈뼛 고개를 돌린다.

그리고 자신을 부르는 형을 발견한다.

형 쪽으로 찰랑거리며 슬픔이 다가온다. 슬픔은 자박자박 형의 발밑을 간지럽힌다. 점점 젖어오는 물기에 형이 침을 꿀꺽 삼킨다. 이내 정강이를 적시고, 사타구니를 타고 넘어 금세 배꼽이 잠긴다. 형이 콧물을 들이마신다.

파도가 된 슬픔이 형의 가슴을 칠 때면 형의 오열이 시작된다. 어머니와 알도는 "왜 우느냐?"라고 묻지 않는다. 형은 이유를 가지고 있지도 않았고, 어머니와 알도 또한 답이 있다는 무모한 기대도 하지 않는다.

슬픔이 해일처럼 몰려와 목젖을 타 넘고 눈물의 둑이 와그작, 터져버리면 어머니와 알도는 방공호 같은 각자의 방으로 피신한다. 형은 가슴을 두 주먹으로 때리며, 바닥에서 데굴데굴 구른다. 가슴에 불덩이가 들어 있는 것 같다. 형은 짐승 같은 구음으로 통증을 뱉어낸다.

발악적인 슬픔이 거실을 헤집고, 눈물이 가득 차올라 현관문이 터져 나가고, 옆집이나 경비가 뛰어올 때까지 해일은 형을 집어삼킨다.

"술이 날 태워 죽이려 할 때, 눈물이 소화전이 돼주잖아요."

사티가 술 한 모금을 다시 넘겼다. 알도를 보더니, 미소를 띤 채 눈가에 고인 눈물을 밴드가 감긴 중지를 피해 검지로 콕 찍었다.

사티가 눈물 달린 검지를 쪽, 빨았다.

"술고래들이 마지막으로 삼킬 수 있는 안주는 냉수나 소금뿐이에요. 눈물 안에 그 두 가지가 다 들어있으니 술 한 잔에 떨어지는 눈물 한 방울이면, 최고의 안주가 될 수 있겠지요."

사티가 눈물 맛을 음미하느라 까슬까슬하게 일어난 각질 붙은 입술을 오물거렸다.

"……가고 싶은 곳이 어디예요?"

알도가 사티에게 재차 물었다.

"…술이 없는 곳…. 술도 돈도 글도, 아무것도 구하는 마음이 동하지 않을 곳…."

사티의 말에 알도의 눈빛이 흔들렸다.

"술 없이도 잘 살 수 있어요? 진심이에요?"

사티는 고개를 작게 끄덕였다.

"그럼 제일 만나보고 싶은 사람은요?"

"만나고 싶은 사람?"

사티가 이번에는 체로키 인디언이 살던 미국 테네시

의 위스키, 잭 다니엘을 두고, 소주 처음처럼을 열어 병나발을 불었다.

"없어요. 그런 거"

"그러지 말고 잘 생각해 보세요."

"죽을 때까지 만나고 싶지 않은 사람은 있어요!"

"그게 누굽니까?"

"거룩한 자!"

사티의 눈에 힘이 들어갔다.

"거룩?"

사티가 휴대폰에 거룩한 자로 저장된 이름을 보여주며 좌우로 흔들었다. 거룩한 자가 어지럽게 기우뚱거렸다.

"보여요? 아주 거룩하신 분이?"

어느새 취한 사티는 감기는 눈꺼풀을 밀어 올리느라 애를 쓰고 있었다.

"그게 누구예요?"

"몰라요 난! 말 못 해! 근데 무슨 인터뷰가 이따위야! 왜 이상한 것만 물어보냐고! 무슨 신상 조사하러 나왔어요? 작품은 안 궁금해? 작가로서 누군지는 알고 싶지 않아요? 작품을 어떤 방향으로 쓸 건지, 누구로 캐스팅하고 싶은지, 작품은 언제 탈고할 건지 뭐 이딴 거는 안 궁금

하냐고요."

"……."

네!라고 대답하고 싶은 알도였다.

불후의 명작만 덩그러니 남기는 것보다는 가능하면 소주 한 잔에 좋아하는 돼지족발이 더 필요한 시간이고, 가장 만나고 싶은 사람을 만나보는 게 아름다운 마무리가 될 거라고 알도는 생각했다.

졸음에 겨운 사티가 마지막 힘을 다해 항의하고는 금방 고개를 툭 툭, 아래로 떨어트리며 자울거렸다.

"마지막으로 소원 하나만 말해 봐요. 무엇이든 좋아요."

"아이씨, 그건…백번 말해도 단 하나죠. 좋은 작품 하나 쓰는 거…그게 내 소원…그리고…그리고…진짜로 한번…만나 꼭 물어보고 싶은 사람은…그 못난이…."

중얼중얼 사티의 말소리가 잦아들었다. 고개를 떨어트리던 사티가 머리를 벽에 기댔다. 기대자마자 사티는 낮게 코를 골았다.

사티의 입이 다시 벌어졌다. 견고해 보이는 '아~'였다.

알도는 불편하게 벽에 기대어 잠든 사티를 바닥에 뉘어주기 위해 몸을 옆으로 천천히 밀었다. 슬쩍 밀었는데도 의식이 없던 사티의 머리는 순식간에 바닥을 향해 낙하했다. 머리를 바닥에 처박으려는 순간, 놀란 알도가 빠르게 왼팔을 뻗어 태클하듯 사티의 머리를 받쳤다. 다행히 잠은 깨지 않았다. 팔베개 덕분에 사티는 바닥에 머리를 부딪치지 않고, 계속 단잠을 이어갔다.

알도는 팔베개가 된 팔 때문에 꼼짝할 수 없었다. 엉거주춤한 자세로 오른발을 살금살금 움직여 담요를 끌어당겼다. 굼벵이처럼 조심스러웠다. 오른발로 담요를 떠올렸고, 남아있는 오른팔로 담요를 잡아끌어 사티의 다리를 겨우 덮어줄 수 있었다.

깊은 잠에 빠진 사티와 얼떨결에 팔을 빼앗긴 알도가 나란히 누웠다. 눈을 뜬 알도와 눈을 감은 사티를 천장이 한눈에 내려다보고 있었다. 사티에게서 술 냄새는 풀풀 풍겼고, 팔베개가 된 왼팔은 얼마 안 가 저릿저릿 전기가 통했다.

왼팔 한가득, 뻐근하게 느껴지는 사티의 무게가 기분 좋게 온몸으로 퍼져나갔다. 거센 북풍이 몰아쳐도, 관에 눕는다 해도 이렇게 나란히 함께 누울 수만 있다면 참 좋겠다 싶었다.

알도가 고개를 돌려 사티를 돌아보았다. 사티는 여전히 입을 벌린 채 잠들어 있다. 6일 후에도 여전히 저 모습 그대로, 눈은 감고 입은 벌어져 있을 것이다. 다만 그녀는 다시는 세상을 보기 위해 깨어나지 않을 것이다.

알도는 천장 벽지에 시선을 던졌다. 벽지의 무늬는 수많은 동그라미가 물결치는 선으로 줄줄이 연결된 형태였다. 동그라미 안에는 나무와 별, 달과 태양이 그려져 있었다. 어느 원 안에는 자신도 사티도 들어가 있을 것이라고 알도는 생각했다. 알도의 눈길이 동그라미를 따라가다 멈춘 곳은 천장 모서리 끝이었다. 천장에서 벽면으로 꺾이는 곳에서 물결치던 선은 끊어져 있었다.

알도는 지금까지 살면서 살아있는 것에 감사한 적도 없지만, 죽음에 대해 어떤 특별한 마음도 없었다. 거북이 등껍질만큼이나 무감각했다. 아버지의 죽음마저도 어른들끼리 엉겁결에 떨이 물건 넘기듯 장례는 치러졌고, 입시생이라는 장막에 숨어 상념이 튀어나오지 못하도록 의식적으로 죽음 위에 철판을 덮어놓고 되새김하지 않았다. 한마디로 아버지의 죽음은 유예된 선고였다. 그래서 아직도 저만치 바깥에서 안쪽을 향해 끊임없이 힐끔거리며 서성이는 불손한 타인이 죽음이었다. 알려고 하지 않았고, 말을 걸지도 않았다. 그런데 지금, 사티가 그 타인을 소개하려 한다. 이제는 함께 자고 함께 먹는 동거인이 되어버린 오만불손한 그 타인과 정면으로 마주 서서 명함을 주고받으라 한다. 더는 피할 공간이 없는 자리였고, 기꺼이 맞아드릴 수밖에 없는 벼랑의 시간대 위에 서 있다.

알도는 죽음의 실체라는 것이 식어버린 몸뚱이만은 아닐 것으로 생각했다. 죽음을 지렛대 삼아야만 존재할 수 있는 삶이라는 시간. 죽음을 절대 피할 수 없다면 유일하게 남은 일은 완전히 죽어줘야 하는 게 아닌가. 사티가 완전히 죽기 위해서는 후회 없는 삶을 살아야 한다.

왜 인간들은 완전하게 죽지 못하고, 온전하게 이별하지도 못한 채 후회와 자학만 거듭하는 것일까. 그 수많은 지인의 죽음을 애도하고, 가족을 피눈물로 떠나보내면서도 부조금만큼의 깨달음도 얻지 못하고, 죽은 이들과 여지없이 똑같은 길을 따라 걷고, 또 그들과 조금도 다르지 않은 후회만을 거듭 되풀이할까.

알도는 연기로서의 죽음. 영상으로서의 죽음도 수없이 겪었다. 그렇지만 그때의 죽음은 '종료된 싸늘한 살덩이'를 이르는 말에 불과했다. 지금까지 죽음이란 약간의 우울함을 동반한 채 선명하게 보고 싶지 않은 뭉뚱그려진 이미지. 혹은 자신도 모르게 언제인가 본 죽음의 영상 이미지가 관습적으로 빠르게 대체되고 사라졌을 뿐이다.

방송국에서 조감독으로 참가했던 거의 모든 작품은 죽음의 실체를 보여준다기보다는 슬픔만을 자극하여 죽음을 즐길 수 있는 수준에서 타협했고, 살아남은 자의 안도만 확인하는 이미지 놀이였다.

알도는 장담하지 못한다. 관습적인 이미지 놀이에서 벗어날 수 있을까? 지금도 연기 중은 아닐까? 사티도, 앞으로의 작품도, 모두 자신이 없다.

모든 극에는 죽음이 들어가야 극적인 효과가 살아난다. 가장 쉬운 수단이자 피하기 어려운 유혹이다. 거의 모든 예술은 죽음을 소비하며 관객을 끌어들인다. 매대 위에 올려진 죽음은 소비자의 구미에 맞게 스토리텔링을 입히고, 슬픔이라는 조미료를 첨가한다. 새롭게 제조된 죽음은 실제와는 더욱 멀어지고, 왜곡된 눈물로 포장된 죽음 선물세트를 받는 꼴이다.

죽음을 소비한 인간은 원 플러스 원의 묶음으로 획일화된 감정까지 덤으로 구매하게 된다. 강렬한 죽음일수록, 희한한 죽음 혹은 어처구니없는 죽음일수록 신상을 소비하듯 관객들은 탄성을 지른다. 그 탄성은 불꽃놀이를 보고 지르는 환호와 크게 다르지 않다. 이제 죽음은 바람둥이 연인들의 이별만큼이나 헤프고, 벚꽃놀이만큼이나 볼거리가 됐다.

알도는 드라마국의 한 선배를 생각했다. 그 선배의 작품 내용에서 죽음은 찾아볼 수 없다. 어쩔 수 없이 들어간다 해도 필연적이지 않은 죽음은 철저히 배제했다. 다른 모든 것은 작가의 재량이지만, 죽음만큼은 절대로 작품에서 남발하지 않겠다는 고집 때문이었다.

알도는 천장과 벽면이 맞닿는 곳에서 끊어져 버린 동그라미 무늬의 선이 못내 아쉬웠다. 천장과 벽이 서로 선을 뻗어 손을 내밀고 있지만, 서로 닿지 못하고 어긋나 있다. 천장과 벽면은 서로가 의지해야 하지만, 바라보는 방향은 서로 달랐다.

알도는 바닥만 바라보는 천장과 천장만 올려다보는 바닥을 이어주는, 벽면이 되어도 좋다고 생각했다. 윗집에서 물이 새면 벽을 타고 내려와 바닥을 적신다.

알도는 반복해서 천장의 동그라미 무늬의 선을 따라

갔다. 그러나 여지없이 천장과 벽면이 맞닿는 곳에서 어긋나게 끊어졌다. 그래도 알도는 출발한 지점으로 되돌아와 동그라미 무늬의 선을 눈으로 계속 따라가기를 되풀이했다.

헤헤헤, 웃음소리에 돌아보니 사티의 잠꼬대였다. 꿈에서라도 웃어주니 알도는 흐뭇했다.

알도는 오른손을 뻗어 검지로 사티의 눈가에 맺혔던 물기의 흔적을 톡, 찍어 맛을 보았다.

어라? 맵다.

순전히 매운맛 때문에 코가 시큰해졌고, 알도의 눈가에도 물기가 전염되었다.

팔베개를 하고 천진하게 자는 사티의 눈물 맛은 매워도 너무 매웠다.

알도의 코끝은 매큼해졌고, 눈에서 새기 시작한 물기는 눈꼬리라는 벽을 타고 바닥으로 바닥으로 계속 흘러내렸다.

올리브 한 알

D-5

식은땀이다.

얼마나 잤을까? 도무지 알 수 없다. 술이 시작되면 '술'과 '잠' 그리고 '나', 이 트라이앵글 이외에는 없다. 술은 잠을 부르고, 선잠은 꿈의 형태로 나를 부르고, 비몽사몽인 나는 깨는 것이 두려워 다시 술을 부른다. 내가 술이고, 잠이다. 술독에 빠진 발광 시즌이란 폭우에 젖은 짐승이 사람의 말로 서정시를 낭독해보려고, 용을 쓰는 기간이다.

제정신이 돌아오려 한다. 내 몸이 익숙한 신호를 보낸다. 알코올에 푹 젖은 상태를 계속 유지하고픈 몸뚱이가 맹렬히 저항한다.

낮게 엎드려 숨고 싶다. 불쾌하고 두렵다. 무엇에 대해? 웅크려 떠는 나를 제외한 세상 모든 것에 대해, 돌아앉고 싶다.

라디오를 틀어놓았나? 어디선가 두 남녀가 자글자글한 대화를 끊임없이 주고받는다. 만담을 나누는 단짝 MC 같다. 알비노니의 '아다지오'라는 곡이 귀에 붙어 윙윙, 그치질 않는다. 분명 바깥에서 들리는 소리다. 아다지오는 비애라는 염료를 무명천에 물들여 훨훨 풀어헤쳐 놓은 것 같은 현악기가 하늘 바람이라면, 무명無明의 그 변덕스러운 바람을 지그시 밟고 오르는 오르간은 땅이었고, 하늘과 땅이라는 분별도 없이 피치카토(현을 손가락으로 퉁겨 연주하는 주법)를 구사하는 첼로는 인간의 심장 박동이다. 아다지오가 그렇게 속삭였다.

사티는 남녀의 만담과 '아다지오'를 누워서 듣는다. 잠시 미소가 솟기도 한다. 그러다 문득, 섬뜩한 생각이 스친다. 끊길 듯 이어지는, 고개를 세차게 흔들어도 끊임없이 파고드는, 음악과 만담을 가장한 무례한 소리들.

일방적이다.

저 소리를 꺼야 하지만, 꺼지지 않는 소리라는 것을 안다. 방문, 창문을 모조리 열어봐도 남자와 여자는 없고, 현과 오르간을 연주하는 오디오도 찾아볼 수 없을 것이다.

알고 있다.

내 귓속에서만 사는 이들이라는 것을.

갈림길이다.

여기서 회군하여 이미 목적지와 실행 방법이 뻔하게 기획된 세상 속으로 귀속되는 길.

그렇지 않으면 계속 술 소풍을 이어가서 아무도 걷지 않은 미답의 문을 더듬어 여는 길.

술을 야수의 입으로 마시지 않고, 지극히 인간적으로 마셔야만 열리는 새 길. 그 누구도 걷지 않았고, 신마저 걸을 수 없는, 나만이 걸음 할 수 있는 그 길. 그러나 야수 안에 이름 없는 나를 믿어야만 모든 것이 그치고 그치는 순간, 아득한 옛날부터 스스로 있었던 길은 드러나고, 구求하는 순간 철벽은 솟아나고 심장은 야수의 털로 뒤덮여버리고 마는 위태한 줄타기. 구하지 않는 것이 아니라, 구하는 마음을 알아 그칠 때만이 열리는 길이기에 영원히 처음 걷는 길. 허이허이 휘청휘청 콧노래 부르며 춤추며 가는 길.

알코올을 더는 공급하지 않고 회군하려면, 참혹하도록 끔찍한 불구덩이를 건너야 한다. 이 불구덩이를 건너려면 무릎을 꿇고, 천지불인天地不仁한 세상에 싹싹 빌어야 한다.

'내가 잘못했으니 제발 살려달라고, 내가 죽을죄를 지었으니 차라리 날 죽여 달라고! 바다가 있으면 바닷속으로, 불이 있으면 불 속으로 뛰어들고픈 위태한 막장.'

이글이글하게 타오르는 잉걸불 위를 맨 무릎으로 박박 기어야 한다. 그 길이 너무도 참혹해, 중도에 저승길로 방향 전환을 하거나 실신의 형식으로 의식을 끊는 일도 있다. 그 길은 함부로 가늠하기 어렵다.

사티는 아직 서성인다. 다시 세상의 안녕 속으로 들어갈까? '그렇지 않으면'이라고 사티가 막 생각이 옮겨가고 있는 사이, 사티의 손에는 이미 '처음처럼'이 들려 있다. 몸은 머리보다 언제나 빠르고, 현실적이다. 사티는 자기 생각보다 빠른, 손의 주저 없는 주장을 그대로 받아들이기로 한다.

빈속에 찬 소주를 다시 붓는다.

문틈 사이로 쑥갓 향이 밴 조개탕 냄새가 뭉클 새어 들어오고 있다.

하루의 새벽이 열리면 사티의 하루가 시작된 것이고, 또 하루가 저물고 해거름이 되면 사티의 하루가 줄어든 것이다. 알도는 그간 닷새간 자신의 존재가 줄어들고, 닷새만큼의 사티의 존재 부피는 늘어났음을 느낀다.

알도는 끓고 있는 조개탕을 바라보았다. 사티와 허리를 세우고 마주 앉아 식사하고 싶다. 아직 그녀와 식사다운 식사를 하지 못했다.

'밥'을 함께 한다는 것은 은근한 프러포즈다. 입을 벌리고, 혀를 놀려 우물거리고, 미소를 띠고, 언어를 나눈다. 눈으로 귀로 입으로 코로 손으로, 심신 대부분을 사용해 상대의 반응을 의식하며 리듬을 맞출 수 있는 행위는 섹스를 제외하고는 함께 밥을 먹는 행위밖에는 없다.

'함께 먹는다'라는 것은 식욕이라는 내밀한 욕망을 함께 해소하며, 서로에게 닿기 위한 길을 뚫어보거나, 이미 난 길이라면 아직 유효한지 확인하자는 것이다. 그러나 사티는 모든 바른 '길'을 무시하고, 오로지 동서남북이 없는 밀림으로 가기 위해 붉은 신호등이 켜진 도로를 무단횡단 중이다.

알도는 무자비한 도로를 그녀가 무사히 건널 수 있도록, 멀리서 다른 차량을 통제하고, 우회시켜야 한다. 그것이 그녀에게로 향하는 알도만의 일방통행 길이다.

알도가 사티와 함께하는 시간은 바닥날 것을 염려해야 하는 통장의 잔액과 같다. 하루하루 줄어들기만 하고, 절대 늘어날 리는 없는 잔고. 잔액이 0이 되는 순간이 오더라도, 한 푼 한 푼 꺼내 쓸 때의 추억은 복리가 되어 남아 있기만을 바란다.

5일을 50년은 남은 것처럼 사는 사티를 등 떠밀 수는 없다. 50년을 압축 캡슐에 축약해 5일로 살게 할 수도 없다. 그녀의 시간은 그녀의 시간일 뿐이다. 그녀는 자신이 인식하는 만큼의 리듬과 파동으로 살아갈 뿐이다.

사티는 곡기를 삼키지 않으려 하지만, 알도는 조개탕 국물에 밥을 말아 한 수저라도 먹이고 싶다.

'먹인다'와 '죽인다'는 입과 항문처럼 단단히 연결된 한 몸뚱이다. 하나라도 문이 열리지 않으면 삶은 영원히 폐쇄되고 만다. 제한된 상황에 처한 인간에게는 먹이지 않으면 죽이는 것이고, 죽이지 않으려면 먹여야 한다. 그러나 인간들의 식사는 죽이기 위해 먹이는 음식일 때도 있다.

미국의 사형수들은 사형당하는 날 아침, 최후의 식사를 한다. 교도관에게 먹고 싶은 음식을 요구하여 홀로 식사를 할 수 있다.

스테이크, 호두 파이, 통닭 / 살인 / 약물주사 사형

스테이크, 달걀 토스트, 우유, 버터 / 강간 탈옥 / 전기의자 사형

민트 초코 아이스크림 / 살인 / 약물주사 사형

올리브 한 알 / 납치 살인 / 약물주사 사형

식사 거부 / 살인 유괴 강도 / 약물주사 사형

먹이기 그리고 죽이기.

죽이기 전에 할 수 있는 최대한의 배려가 먹이기였다. 지상에서의 마지막 자유는 먹고 싶은 것을 먹는 것이다.

그들은 마지막 메뉴를 하나하나 골랐다. 사형수들이 선택한 메뉴는 생각보다 다양하지 않다. 먹어보지 않은 새롭고 특별한 음식이 아니다. 어려서부터 질리도록 먹

었던, 가장 흔하고 친숙한 음식을 요구한다. 햄버거와 T본 스테이크, 감자튀김…. 그리고 누군가는 무죄를 주장하며 식사를 거부했고, 또 누군가는 생의 마지막 방점을 찍듯 올리브 한 알을 요구했다.

약물주사 보다 더 두려운 것은 어린 시절부터 먹어왔던 익숙한 음식을 이제 다시는 먹을 수 없다는 단절의 공포였을 것이다.

곧, 전기의자에 앉아야 할 사람 앞에 놓인 닳도록 먹어왔던 우유 한 잔.

육체적 학대보다 더 무서운 것은 흔해 빠진 음식이다.

그들에게 음식은 기억이다.

스테이크, 통닭, 아이스크림…그 음식 하나하나에 양념 되어 있을 그들만의 고유한 기억. 마지막으로 통닭을 우물거리며, 달콤한 아이스크림을 혀로 느끼며, 잊을 수 없는 맛을 가진 가장 따뜻했던 날들이 살아날 것이다.

사형수들의 목구멍은 그 마지막 음식을 넘기기 위해 열렸고, 그 너머 목구멍 깊숙한 어두운 공간으로 마지막 기억을 삼킨다. 그들은 기억을 씹어 넘기며 들었을 것이다. 저항하고 싶지만 저항할 수 없는, 도저히 소화 할 수 없는 생의 반대편 문소리를….

알도는 펄펄 끓는 물 속에서도 입을 꾹 다물고 있는 갈색의 조개 하나를 젓가락으로 집어 들었다. 그리고 새하얀 접시에 덩그러니 올렸다. 둥그렇고 희디흰 원 안에 조개가 있다. 생의 마지막 식사를 올리브 단 한 알로 방점을 찍었던 어느 사형수가 떠올랐다.

알도가 조개탕과 밥 한 공기를 쟁반에 받쳐 들고 방문을 열었다. 사티는 기도하듯 무릎을 꿇고 머리를 땅바닥에 조아리고 있었다.

"기도하세요?"

알도가 물었다.

"…기도는 매일매일…온종일 드려요."

사티가 엎드린 채 대답했다.

"무얼 빕니까?"

"한 가지만 빌어요."

알도가 바닥에 쟁반을 내려놓았다.

"자, 시원한 국물 좀 먹어봐요. 속을 달래야 더 마실 수 있죠."

"제발…어리석은 인간만 안 되게 해달라고 빌어요…

매일. 잘 되게 해달라고 빌어 본 적은 아마 없었던 것 같아요."

"어리석은 인간요?"

알도가 수저를 들어 조개탕 그릇에 꽂으며 물었다.

"저는 이미 어리석은 술꾼이죠. 그런데 저보다 더 어리석은 사람들이 있어요. 술 취한 눈 보다 더 눈을 감고 살거나 아예 눈에 무엇인가를 덮어 놓고 사는 사람들… 저는 그게 마음이 아파요. 때로는 무섭고요."

사티가 고개를 바짝 치켜들었다.

"그게 인간이 죽는 날까지 공연한 짓을 하며 사는 이유군요. 일단 탕국에 밥을 좀 말아보세요."

"그래요 공연히…그런데 지금 말이에요. 한 번 보세요. 숨 쉬는 것들이 곳곳에 숨어서 모조리 날 쳐다보는 것 같거든요? 숨 안 쉬는 것들도 자기들만 신경 쓰느라 나는 안중에도 없는 것처럼 보이지만, 몰래 나를 다 읽고 있어요."

"밥이 싫으면 국물이라도 좀 훌훌 마셔 봐요."

"당신 귀에는 정말 아무 소리도 안 들려요? 남자랑 여자가 저렇게 지껄이고 있는데도?"

사티의 말에 알도가 좌우로 고개를 돌려 주위를 살

폈다.

"우리 말하는 거예요? 남자랑 여자랑은 우리 둘뿐이잖아요."

"이런 남자, 여자 말고, 다른 남자 여자요."

"그 두 사람은 무슨 관계인데요?"

"숨 안 쉬는 것들처럼 나에게는 신경도 안 쓰고 자기들끼리 이야기에 빠져있어요. 부동산이나 정치 이야기를 하는 관계? 서로 웃음도 섞고요…거봐요, 내가 말하자마자 자기들끼리 웃고 있잖아요. 안 들려요? 나 들으라고 웃는 것 같은데 둘 다 시치미를 뚝 떼고 있는 것 좀 보세요."

"자, 내 말 들어요. 그래도 숨 쉬는 것들처럼 당신을 마주 쳐다보고 있는 것은 아니죠? 그렇죠?"

"나, 방공호에 숨을래요. 사람들이 무서워요. 당신도 순식간에 어떻게 변할지 두렵고…."

사티는 방바닥을 짚고, 몸을 힘겹게 일으켰다.

"혹시 술이 부족할 때, 당신에게만 찾아오는 사람들 아닙니까? 당신이 부른 익숙한 손님들?"

형은 자주 혼자 중얼거리고 다녔다. 머릿속 사람들과 이야기를 나누고 있을 때다. 취중에 망나니짓을 많이 한 때일

수록 지껄임은 심해졌다. 때로는 아주 오래된 과거였지만 용납할 수 없는 상황을 끊임없이 떠올리며, 지금이라도 반전 시켜 보려 하거나 자신이 그때 왜 그랬는지에 대해 항변하는 것 같았다. 홀로 비명도 지르고, 쌍욕도 해가며 자신은 바보가 아니며 비난받을 대상이 아니라는 것을 증명하기 위해 발버둥 쳤다.

머릿속에 방을 차지하고 있는 불법 점유자들도 만만치 않은 것 같았다. 형이 자신의 머리를 주먹으로 탕탕 치거나, 머리카락을 잡고 사납게 흔들어도 점유자들은 잠시 흔들릴 뿐, 전혀 방을 뺄 생각이 없는 듯했다. 가끔은 형이 저러다 흉기로 점유자들의 방을 부술까 봐 걱정됐다. 영리한 점유자들은 오랜 기간 뿌리를 내린 원주민이라 그리 호락호락하게 물러날 것 같지가 않았다.

형이 불법 점유자들의 목소리를 자신이 흉내 내며 옥신각신할 때면 위태해 보였다. 형이 변검술사같은 그들의 점유지를 강제로 철거시키기 위해 자신의 머리통을 망치로 갈기거나 아니면 오히려 그들이 형을 드잡이해서 정신병원 창살 안으로 밀어 넣어 버릴 수도 있었다.

그들과의 싸움은 승산이 없었다. 형이 그것을 일찍 알았어야 했다. 그들은 형의 목에 올가미를 걸고 개처럼 끌고 다

냈다. 형은 미친개가 되어 죽어라 짖기만 했을 뿐, 그들을 단 한 번도 물어뜯지 못했다.

어느새 현관문 손잡이를 잡은 사티에게 알도가 소리쳤다.

"어디 가요?"

사티는 집 바깥으로 나와 한 걸음 한 걸음 조심스럽게 계단을 밟아 내려갔다.

집

밑의

집

지하실로 향했다.

소보루빵 랜드로버

사티가 방공호로 부르는 지하실은 사티의 아지트이자 별채다. 세상이 무서울 때면 예전에는 이불속, 장롱 속으로 숨어 들어갔지만, 사티는 이제 지하실로 스며들어 간다. 글이 안 풀릴 때도 공식적이고 잘 갖추어진 작업 방을 나와 허술한 지하실에서 불편하게 작업을 하면, 글이 잘 풀릴 때가 많았다. 그것은 마치 '페르시아의 흠'과 같았다. 페르시아 장인들이 섬세하고 완벽하게 카펫을 짜 놓고는, 의도적으로 한 곳에 흠을 내놓는다. 그 의도적인 흠이 있어, 페르시아 카펫은 조화 있는 예술품이 될 수 있다.

언제나 기대기 좋은 사람이나 장소는 흠이 있거나, 허술한 편안함이 깃든 곳일 때가 많다. 지하실 한쪽, 모서리 두 면을 이용해 사각의 방으로 꾸며진 자그마한 지하 공간이 사티에게는 그런 곳이었다. 세상이 쏘아대는 대포나 미사일을 막아주는 방공호였다.

사티는 이불을 뒤집어쓰고, 전기장판의 콘센트를 꽂았다. 곧, 온기는 돌 것이고, 쿰쿰한 곰팡내는 금방 헌책 향내를 풍기며 다른 세상으로 인도할 것이다. 방공호가 좋은 건 헌책 냄새 때문이다. 약간의 습기와 어둠 또한 헌책방의 배경으로 아주 잘 어울렸다.

사티는 실제로 헌책방 같은 방공호에 아주 오래된 책을 가져다 놓았다. 썩고 있는 나무 냄새를 풍기는 헌책은 각기 다른 향을 지녔다. 1960년 6월에 발행된 잡지 '새벽'은 사막의 오래된 마른 나무 향내를 슬쩍 풍겼고, 1963년 11월호인 '사상계'는 양복 입은 신사의 머릿기름 냄새를 발산했으며, 1971년 가을 제2권 3호인 '문학과 지성'은 자주색 표지의 색깔을 닮은 바게트 냄새를 풀풀 뿌려댔다. 진짜배기는 무엇보다 단기 4280년(1947년) 7월에 조선어학회에서 80원이라는 가격을 달고 나온 '원본 훈민정음 풀이'에서 나는 향기였다. 책의 배 부분이 짙은 커피색을 띠고 있는 이 책자는 사티가 좋아하는 보이차 냄새를 물씬 물씬 쏟아냈다.

어느 날이던가 방공호 헌책방에 앉아 있던 사티는 보이차를 마시다가 그 헌책의 향기가 생각났고, 그 헌책 '원본 훈민정음 풀이'를 꺼내 냄새를 맡아보다 급기야 3페이지에 나오는 반잇소리 'ㅿ' 설명 부분을 잘게 찢어, 보이차를 우리고 있던 뜨거운 찻잔에 던져 넣었다.

70년 된 오리지널 반치음 'ㅿ' 훈민정음 찻잎은 잘 우러났고, 작가로서 '원본 훈민정음 풀이'를 마신다는 사실은 왠지 뿌듯했다.

사티는 예전부터 반치음 'ㅿ'가 사라졌다는 사실이 늘 아쉽게 여겨졌었다. 지금은 뾰족한 삼각형의 반치음 'ㅿ'가 둥글둥글 원만형의 'ㅇ'에 흡수되어 버렸지만, 입술을 잇몸에 바짝 붙이고 치아를 살짝 드러내어 바람을 내뿜으며 치음 섞인 떨림소리를 구사했던 'ㅿ'은 매력적인 기호였다. 이 음가가 살아 있었다면 국어의 울타리는 무척 확장되었을 것이고, 물론 '처음처럼'의 상표도 달라졌을 것이다. '처엄'의 ㅇ 부분이 'ㅿ'으로 쓰였기에, 아마도 '처즈~엄처럼'이라는 소주를 마시지 않았을까.

사티는 삼각형 모양의 'ㅿ'차를 마시며, 제로니모를 알게 되었을 때 읽은 인디언 설화를 생각했다.

'인디언 조상들은 양심을 어린아이의 △ 양심과 어른의 ○ 양심으로 표기했다. 태어날 때부터 가지고 있었던 삼각형은 사람이 어떤 행위를 할 때마다 마음속에서 한 바퀴씩 굴렀다. 처음에는 부끄러운 행동을 할 때마다 삼각형 모서리가 마음을 찔러 매우 아프고 눈물이 났다. 그래서 금방 반성할 수 있었지만, 어느 사이 구르고 구르다 보니 좋은 게 좋은 것이라는 처세의 금언만 남아 모서리가 잘 연마된 ○만 남게 되었다. 그러나 걸림 없이 잘 구르기만 하다 보니 자신의 행동을 반성할 틈도 없었던 ○은 △보다 훨씬 빠른 속도로 저승 세계의 문 앞에도 당도하게 된다.'

사티는 모나고 까다로운 반치음 △가 뭐든 집어삼킬 수 있는 구멍, 이응 ○에게 먹혀버린 게 참 서글펐다.

이불로 꽁꽁 싸맨 사티가 지상으로 난 방공호의 작은 창문을 올려다보았다.

두 뼘 정도의 네모진 햇살이 열린 창문 앞에 내려앉아 있었다. 눈부시게 귀하게 느껴지는 햇살일수록 이곳이 지하 방공호라는 사실을 일깨운다.

어느 날 문득, 살아있음에 대한 애처로움을 느껴본 사람은 안다. 햇살을 넋 놓고 아주 오래도록 들여다보고 있노라면 도저히 참을 수 없는 눈물이 얼마나 쏟아지는지…햇살이 얼마나 모질게 밑바닥 깊이 숨겨진 물기까지 박박 긁어 퍼내 버리는지를….

"여기 휴대폰"

알도의 목소리였다. 사티의 휴대폰이 알도의 손에 들려있었다. 아마 휴대폰의 전달보다는 방공호에 있는 사티의 상태를 살피러 왔을 것이다.

"시치미 떼던 그 남자와 여자는 떠났나요?"

알도가 물었다.

"술을 주세요. 그들도 이제 좀 쉴 수 있게요."

사티가 알도를 향해 손을 내밀었다.

지하실 한 귀퉁이에 앉아 기운이 없어 손을 떠는 사티를 보며 알도는 그녀가 쓴 작품을 떠올렸다.

그 작품은 시들한 세상에 지쳐 별세계를 꿈꾸는 지상 남자와 지하세계의 법과 가치관을 거부하는 땅 밑 도시에 거주하는 여자가 칠흑 같은 밤이면 마루판을 사이에 두고 소리로만 소통하고 사랑을 나누는 이야기였다. 여자 주인공이 태양을 보면 타죽기 때문에 거의 새카만 실루엣 화면만 나올 수밖에 없었다. 촬영이 불가능한 작품이었다.

“아직도 맨발이시네요?”

알도가 자신의 잠바 주머니에서 소주를 꺼내 뚜껑을 비트는 것을 행복하게 바라보던 사티가 말했다.

“제 운명을 아무 신발에나 맡길 수 없잖아요.”

알도가 양쪽 엄지발가락을 꼼지락거렸다.

“부인과 별거 중인 어떤 분이 장례식장에 갔다가 깜박하고 소각하려 했던 망자의 신발을 바꿔 신고 오게 됐다네요. 그런데 다음날 그 사실을 알고 신발가게에 가서 새 신발을 사려 했는데 마음에 드는 색깔이 없어서 그냥 그 망자의 신발을 신고 다녔대요. 그런데 그분이 이상하게 떨어져 지내던 아내를 꼭 만나야 한다고 우기고, 사이가 안 좋던 아버지에게도 뜬금없이 전화하더래요. 무엇보다 평생 한 번도 때밀이 아저씨에게 밀지 않던 때를 돈을 주고 아주 깨끗이 밀었고요. 그리고는 목욕한 다음 날, 이 분도 갑작스러운 사고로 망자의 뒤를 따르게 되었어요.”

사티가 자분자분 이야기를 이어나갔다.

“귀신이 데려간 건가요?”

"원래 신발의 원주인이 부인과 금슬이 무척이나 좋았고, 아버지와도 남들이 부러워하는 부자지간이었다고 해요. 무엇보다 무지하게 깔끔해서 거의 매일 빠지지 않고 목욕탕에 다녔고, 당연히 때밀이 아저씨와도 친했다는군요. 그렇게 망자의 운명을 따라간 거죠. 되게 무섭죠?"

알도가 사티를 보고 무겁게 고개를 끄덕였다.

"진짜 무서워요? 하하하"

사티가 알도를 보며 웃음을 터트렸다.

"특별한 목욕을 했다면 자기 죽음을 준비한 거로도 볼 수 있네요. 망자의 운명을 그의 몸뚱이가 알고 그 길을 숨 가쁘게 따라간 거고…."

알도가 말했다.

"그가 미처 몰랐다 해도 죽은 후에라도 목욕은 해요. 염습하잖아요. 이승을 떠나려면 무조건 씻어야 해요."

사티가 말했다.

"씻어내야만 온전히 죽을 수 있는 거군요. 태어나서 제일 먼저 하는 게 목욕인 것처럼 말입니다. 씻는 것으로 시작해서 씻는 것으로 끝나는 게 인생인 거네요?"

"다른 세상에서 죽는 것이 곧 이 세상에 태어나는 것으로 연결되어 다른 세상에서 거쳐야 하는 염을 하는 행위가 신생아 목욕으로 이어지는 것일지도 모르죠. 그리고 그렇게 살다가 죽으면 이번 생에서 지은 지독한 죄의 냄새를 정화하는 의미와 함께 다음 생으로 가기 위한 염습을 하고, 그것이 또 다른 세상의 신생아 목욕이 되는 것일지도…어쨌든 씻고 씻는, 신생과 재생의 연결 행위가 새롭게 거듭난다는 어떤 물의 세례와 같은 역할이 아닐까요?"

사티가 말을 마치고 목이 마른 듯, 술병을 게걸스럽게 입으로 가져가려 했다. 알도는 사티가 들고 있던 술병을 가져다 머그잔에 따라주었다. 사티가 머그잔에 소주를 쪽쪽 소리를 내가며 핫초코처럼 달콤하게 마셨다.

잠시만요, 사티가 빈 머그잔을 바닥에 소리 나게 내려놓고는 지하실 벽면을 향해 비칠비칠 걸었다. 햇살의 통로인 창틀 아래서 멈추더니 벽에 기대어 있는 나무 사물함에서 쭈뼛쭈뼛 무엇인가를 꺼냈다. 입으로 먼지를 후후~ 부는 시늉을 하더니 다시 알도 앞으로 걸어왔다.

알도 앞에 놓인 것은 두 켤레의 신발이었다.

"골라요!"

한 켤레는 신발 윗면에 흰색 수정 펜으로 7×70이라고 쓰인 검은색 털신이었고, 또 한 켤레는 뒤축은 꺾이고 겉면은 우둘투둘 갈색 소보루빵을 닮은 랜드로버였다.

"골라요. 운명!"

사티가 다시 한번 재촉했다.

"누구 신발입니까?"

"남자 신발은 이게 다예요. 살날이 얼마 안 남은 제 신발만 아니면 되잖아요?"

사티가 알 수 없는 운명들의 먼지를 휴지로 툭툭 털며 말했다.

"산 사람들 거예요? 죽은 사람들 겁니까?"

알도가 물었다.

"복불복이니 묻지 마세요. 하나는 내가 부러워하는 삶이고, 또 하나는 보기만 하면 내 피가 차가워지던 운명인데 저는 이 신발 주인의 거부할 수 없는 피날레를 잘 알고 있거든요?"

사티가 빈 머그잔에 나머지 소주를 부었다.

"피날레를 보셨어요?"

"이 두 눈으로…똑똑히…아주 똑똑히…."

사티는 알도의 눈을 깊게 바라보며 고개를 천천히 끄덕였다.

"재미있군요. 그렇다면 저는 그냥 맨발로 살겠습니다."

"누구 맘대로요? 엄연히 이 집은 내 집인데 예의 없이 맨발로?"

"사람들은 가슴도, 허벅지도, 맨 근육도 자랑처럼 내놓고 다니면서 왜 맨발로 다니는 사람은 유독 못 봐주는 걸까요? 맨발에 성기가 달린 것도 아닌데 말입니다. 저는 제 신발을 찾을 때까지 맨발로 다니겠습니다."

알도의 항변이었다.

"오랫동안 비어있던 신발은 채워주기를 기다리는 빈 집과 같아요. 아무리 도망치려 해도 진짜 운명을 만나면 빈집을 채워버리고 말걸요."

'어느 것을 고를까요. 알아 맞춰보세요. 딩동댕!'

어느새 사티가 알도의 손가락을 자신의 두 손으로 감싼 채 주문을 외었다. 알도의 손가락이 멈춘 곳은 갈색 소보루빵 랜드로버였다.

"어쩌죠? 이 신발 주인…인간이 짐승 되어가는 운명이던데…."

'어느 것을 고를까요. 알아 맞춰보세요.'

사티가 재빠르게 다시 한번 알도의 손가락을 잡고 주문을 읊었다. 두 켤레의 운명을 이리저리 오가며 신이 난 사티였다.

딩동댕동댕!

손가락을 빼앗긴 알도는 자신의 운명을 골라주는 사티를 망연히 바라보았다.

"어! 이번에도 또야?"

다시 제자리로 돌아온 알도의 손가락이었다. 술이 오른 사티는 알도의 손가락을 확 꺾었다.

아~아!! 알도가 비명을 질렀다.

"무슨 개 같은 운명만 자꾸 고르냐고!! 증말 똥광 같은 짓만 해!"

꺾인 손가락의 비명이 그치기도 전에 취한 사티가 이번에는 알도의 손가락을 입에 넣고 깨물었다.

으악! 알도가 사티의 입에서 급하게 손가락을 빼냈다.

"내 손가락이 운명을 고른 게 아니라, 당신의 운명이 내 운명을 고른 거죠!"

"운명이 무슨 개떡이에요? 내가 어떻게 당신의 운명을 고른단 말이에요!"

사티가 억울한 표정을 지었다.

"이렇게요!"

알도의 큰 손이 사티의 손을 덮쳐 잡았다.

'어느 것을 고를까요. 알아 맞춰보세요. 딩동댕동!'

사티의 손가락이 7×70의 검은색 털신에 가서 멈추었다.

"어? 난 짐승이 인간 되어가는 운명이네?"

사티가 말했다.

"다시 말하면 내 운명이 인간 되어가는 운명이고, 사티 씨 운명이 짐승 되어가는 운명인 거지요. 냉정하게 말하자면 사티 씨는 짐승 같은 삶마저도 부러운, 그냥 5일밖에 안 남은 최악의 운명인 것이고요."

"내가?"

그녀에게 마지막을 환기시켜 주려는 알도의 말에 술 취한 사티의 안색이 변했다.

당장 꺼져! 당신!

사티가 랜드로버를 집어 들고 알도에게 던지려 했다.

"아, 잠깐만…사티 씨 지금 취했어요. 많이 취했어요!"

이 못된 멍텅구리 똥광!!

소보루빵 랜드로버가 알도에게 날아갔다.

얼마나 잔 걸까?

천장에서 흐르는 물소리에 사티가 눈을 떴다. 고개를 돌려 방공호의 창문을 보니 더는 햇살이 흘러들지 않는다. 사각의 창으로 멀리 별빛이 보인다. 아마도 시민박명

市民薄明을 지나고, 밝은 별이 떠서 그 빛에 의지해 항해할 수 있다는 항해박명航海薄明의 시간대일 것이다. 사티는 이 시간대가 좋다.

별을 보며 바다를 가로지르는 배.

지금, 방공호가 저 별빛에 의지해 바다 위를 유유히 유영하고 있다.

배를 만들려면 배 만드는 방법을 가르치지 말고, 바다를 동경하게 하라고 했던가? 사티는 별을 동경한다. 별을 동경하면 가난해진다고 한 건 엄마였다. 하늘에 뿌리도 없이 떠 있는 것을 동경하면 발이 땅에서 떨어져 걷게 되고, 그렇지 않아도 꿈결 같은 세상 더 지독한 꿈만 꾸다 가게 된다고…땅과 바다에 속한 것들을 동경하면 밥이 되지만, 아무짝에도 쓸모없는 하늘에 속한 것들을 좋아하면 오히려 밥그릇을 엎게 된다고, 자기보다 더 별을 좋아하던 엄마가 걱정했었다.

쓸모없는 것들을 좋아하며 쓸모없이 살다가, 쓸모없이 죽어버린 여자가 엄마라고 사람들이 말했다. 그러나 사티는 정작 '쓸모'가 무엇을 말하는지, 나이가 들수록 점점 더 갈피를 잡기 힘들어져만 갔다. 그럴수록 엄마처럼 쓸모없는 여자가 될까 봐 은근히 두려웠다.

사티의 이마 위, 천장에서 보이지 않는 물이 계속 흐른다.

사티는 누워있다.

노을과 여명, 삭아가는 빛과 움트는 빛 사이에 밤이 있다. 밤은 새벽빛의 움을 틔우려 몸부림치는 시간이다. 그 처절함을 가리기 위해 어둠이라는 장막을 친다. 밤을 닮은 지옥은 천국보다 생기 넘친다. 천사가 입은 흰 드레스에 지옥의 누군가가 흙탕물을 튀기는 역할을 해야 한다. 그것이 자신의 몫이라면 기꺼이 받아들여야 한다. 그래야 조화로워진다. 그래야 평안을 갈망하느라 신경과민이 된 평화가 숙면을 취할 수 있다.

사티가 깊은숨을 몰아쉬었다.

밤의 품속에 사티가 잉태되어 있다. 불은 켜지 않는다. 바다를 동경하는 방공호는 두 뼘의 사각 창문 화분에 새순처럼 몰록 돋아난 별빛 덕분에 출렁이고 있다. 천문박명이天文薄明 되면 창문 화분의 별꽃은 조금 더 키가 자라 빛날 것이고, 내일 새벽 여명이 시작되는 시민박명이 오면 별꽃은 어김없이 시든다. 시든다고, 죽는다고, 걱정할 것은 없다. 매일 피고 매일 지는, 가난을 모르는 화수분이다.

주위는 싸늘하고 고요하다. 두꺼운 이불은 달팽이 껍질처럼 사티를 숨겨준다. 이불 밖으로 얼굴만 내민 사티는 일어나지 않고 천장만 바라본다.

1층과 지하의 전기장판에 누워있는 인간 사이에는 물이 흐른다. 물이 흐르는 모든 배수관은 1층의 땅 밑에서 흐르고, 지하층 인간의 머리 위, 천장에서 흐른다. 지금 사티는 알도의 발밑이자 자신의 머리 위에서 흐르고 있는 물소리를 가만히 듣는다.

알도의 발자국 소리가 물소리를 밟고 진동한다. 그는 지금 막, 화장실의 물을 내리고, 주방으로 걸어가는 중이다. 오수관을 통과해 흐르고 있는 그의 오줌과 대변이 사티의 핏줄에도 꿀꿀꿀, 흐르고 있다.

사티는 집 밑의 집, 무덤을 닮은 방공호에 시체처럼 누워, 책 대신 그의 움직임을 읽고 있다.

별빛에 의지해 항해 중이다.

허공에서 돋아난 별들이 명멸할 때마다 방공호는 조금씩 바닷물을 밀고 앞으로 나아간다. 선수에서 양쪽으로 갈라져 밀려난 바닷물은 오수관을 타고 흐른다.

해불양수海不讓水. 바다는 어떠한 물도 마다하지 않는

다. 방공호의 술이 떨어져 간다. 술이 있어야 저 푸른 바다에 누워, 물새가 되고, 별의 새순을 보고, 하해와 같이 한없이 관대해질 수 있다. 이것은 인품이 아니고, 혈관에서 미처 다 빠져나가지 못한 찰랑대는 알코올이 무분별을 허락한 것이다. 둔중한 무감각이라고 해도 좋다.

덜그럭 달그락,

오수관 물소리를 뚫고 이물스러운 소음이 비집고 들어온다. 방공호 문 쪽이다. 긴장할 것은 없다.

그놈이다. 계피.

배시시 웃음이 나왔다. 저놈을 처음 봤을 때가 지난여름 장마 때였다. 키가 큰 편백 나무 아래서 비를 쫄딱 맞으며 날 쳐다보고 있던 놈이다.

개도 고양이도 햄스터도 아닌 계피 색깔과 흡사한 갈색의 쥐,

집 안, 화장실 쪽 바깥 주변에는 울타리 역할을 하는 편백이 빙 둘러 심겨 있다. 그런데 그 나무 중에서도 한 녀석의 키만 유난히 컸다. 형제나 다름없는 똑같은 나무 중에 왜 그 녀석만 키가 도드라지게 큰 건지 궁금했다. 다른 종이 섞인 것인지, 특별하게 햇볕을 잘 소화 시키는 것인지, 천상의 음악 소리를 듣는 능력이 있는 것인지,

도무지 알 수 없었다.

정화조 보수 공사 때 그 의문이 풀렸다. 그 편백은 오줌과 대변이 흐르는 플라스틱 오수관을 뚫어 뿌리를 푹 담가놓고 있었다. 땅속 혈관에 빨대를 꽂고 있었던 것이었다. 처음에는 미세한 구멍에 실뿌리를 집어넣었겠지만, 시나브로 빨대는 굵고 커졌을 것이다.

하늘로 위풍당당하게 솟은 편백의 돌출된 키와 딴전을 피며 무단으로 세찬 뿌리를 삽입시켜 놓은 오수관을 번갈아 봤다.

이악스러웠다.

지금 생각해 보면 마치 알도가 작은 신발에 커다란 곰발을 욱여넣던 모습과 다르지 않았다. 편백의 큰 키가 흉측했다. 그러나 아무리 가뭄이 심해도, 한겨울 모든 물기가 얼어붙어도 따듯하고 영양 많은 오수에 뿌리를 박아놓은 이상 편백은 걱정할 것이 없었다.

조금 전, 알도가 흘려보낸 오수도 편백의 키를 더 키워 줄 것이다. 편백은 이미 빨기 시작한 영양의 원혈을 절대 포기할 리 없다. 다른 키 작은 것들보다 훨씬 사납고 모질게 살아남을 것이다.

단단한 생존.

월등한 살아남기다.

키 크고 억센 뿌리를 가진 편백을 보면 냄새가 난다. 억세고 능력 좋은 사내의 냄새. 그악스럽고 파렴치해 보이는 수컷의 냄새. 무심코 손을 뻗어 만져보려다가 손가락을 움츠리고 말았다.

부초浮草

나는 아직 물에 떠다니는 뜬풀이다.

편백의 생존 기운을 탐내서였을까? 처음 보았을 때 계피는 눈이 마주쳤는데도 피하지 않았다. 기가 막혔다. 발바닥을 땅에 몇 번 굴러 겁을 주자 그제야 도망쳤다. 그러나 계피가 떠난 자리에는 솜털도 나지 않은 분홍빛 새끼 3마리가 꼬물거리고 있었다. 가까이 다가서자 편백 가지 사이에 새 둥지와 흡사한 풀로 만든 계피 새끼들의 집이 있었다. 폭우에 풀집이 무너졌고, 눈도 뜨지 않은 새끼들은 땅바닥에 너부러져 있던 것이다.

키 큰 편백은 품이 커서 계피의 둥지가 되어 줄 수 있었고, 이빨이 가려운 갈색쥐에게 몸뚱이 일부를 내줬다. 갈색 쥐 계피는 키 큰 편백의 혈관에 빨판을 꽂고 있던 것이다. 1년이면 수백, 수천의 번식으로 영생을 꿈꾸는 생존방식이다.

악착같은 생존.

끈질긴 살아남기였다.

털이 비에 젖은 쥐는 위협적이다. 비, 바람, 안개, 폭설, 땡볕 따위를 피하지 않고, 온몸에 스며들게 하는 것들은 저항하는 것들보다 강하다. 그래서 모든 젖은 것들은 범상치 않게 보인다. 스스로 그러하게 존재하는 것들이 발산하는 기운에 휘둘리지 않고 그러하게 맡겨버리기 때문에, '따위'들에게 저항하지 않기 때문에, 형상을 보존하려 애쓰지 않기 때문에, 주저 없이 상대의 의식儀式에 물들어 주기 때문에, 힘이 세다.

마음을 다잡고 물든 것들을 만져보려 하지만, 함께 젖을 것이 두려워 손을 내려놓는다.

부랑浮浪

나는 아직 물들지 못해 의지할 곳 없는 포말이다.

분홍색 새끼들을 폭우에서 건져 숨기 좋은 방공호로 대피 시켜 주었다. 쥐는 싫어했지만, 모든 어린 것들은 이름표가 없다. 이름 없는 것들에게 한동안 밥을 주었고, 새끼들은 '쥐'가 되더니 한 마리씩 뿔뿔이 흩어졌다.

그 후, 방공호에 갈색쥐들이 놀러 온다. '쥐'라는 이름표를 달게 된 새끼들인지, 폭우 속에서 날 또렷이 보던 그 '쥐'인 지는 분간할 수 없다. 그들을 두루 묶어 '계피'라고 부를 뿐이다.

계피, 계피, 하다 보면 맵싸하고 달큼한 향내가 코끝을 스친다. 그렇지만 나에게 애당초 '쥐'는 썩어가는 고기살의 냄새로 남아있다.

가뭄이었고, 땡볕인 날들이 이어졌다. 어느 날인가부터 단칸방에 냄새가 나기 시작했다. 엄마는 머스크 향수를 곳곳에 뿌렸다. 그러나 묘한 냄새는 향수에 덮이지 않았다. 오히려 태생이 다른 물과 기름처럼 따로따로 향내를 풍겼다. 사향노루의 관능적인 머스크 향이 물씬하게 콧속을 휘젓고 나면, 마치 다음 차례인 양 정체불명의 지독한 악취가 나사가 되어 콧속을 사정없이 파고들었다.

냄새가 짙어 갈수록, 뿌리는 향수의 양도 많아졌다. 대문 밖에까지 퍼진 머스크 향은 악취보다도 더 고약해져 갔다. 어느 순간부터 향수는 악취와 동의어가 됐다. 향수 냄새에도 코를 싸쥐었고 두통이 일었다.

하루 이틀, 시간이 지나갈수록 천장의 커피색 얼룩이 의심스러워졌다. 얼룩은 점점 짙어지고 넓어졌다.

"한번 오려보자!"

엄마의 제안이었다.

엄마는 급기야 병약한 오빠를 제쳐두고, 어린 나를 무등태웠다. 내 손에 들린 건 커다란 가위.

두 손으로 가위를 벌려 날카로운 한쪽 다리를 천장에 푹 찔러 넣었다. 틈 사이로 악취가 왈칵 삐져나왔다. 숨을 쉴 수 없었다.

커피색의 얼룩을 가운데 두고 그 테두리를 가위로 사각사각 자르기 시작했다. 나는 '미술, 미술, 미술'이라고 주문처럼 외었다. 지금은 미술 시간이고 오리기 놀이를 할 뿐!이었다. 그것도 엄마와 함께….

엄마는 소리쳤다. 목이 휘어질 것 같으니 빨리빨리 좀 오려내라고…어느 부분에서 가위가 더 나아가지 못했고, 급한 마음에 두 손으로 있는 힘을 다해 가위 손잡이에 힘을 주었다.

물커덩!

허공에 엄마의 비명이 낭자했다. 나는 엄마의 목덜미에

서 떨어져 정신을 잃었다.

내가 자른 것은 썩어가던 큰 쥐의 몸통 한가운데였다. 반쯤 잘린 몸통은 구더기와 함께 엄마의 얼굴로 쏟아졌다.

그 후로 모든 향수는 구토를 불렀다. 내게는 썩은 고기였고, 송장이 썩어서 흘러나온 물, 시즙屍汁을 뿌려대는 것과 같았다.

"무슨 냄새가 저렇게 지독해?"

깨어난 내가 물었다.

"너도 죽으면 저 냄새랑 똑같애!"

엄마의 대답이었다.

상념에 빠져있던 사티가 몸을 일으켰다. 오랜만에 계피를 볼 생각이다.

사티는 한 손에 처음처럼을 틀어쥐었다. 소주를 한 모금 마시고, 한 걸음을 힘겹게 떼었다. 창문 화분에서 피어난 별빛에 의지해 계피를 보러 간다.

계피야~ 계피야~

사티의 목소리가 텅 빈 방공호 구석구석까지 울려 퍼졌다.

부스럭, 계피가 꿈틀댄다.

쥐가 승선해 있는 것으로 봐서 방공호는 아직 난파하지 않았다.

사티가 타고 있는 방공호는 항해 중이다.

탁탁탁, 머리 위에서 도마에 칼질하는 소리가 들린다. 소리의 크기와 칼질의 리듬으로 봐서 고기를 썰고 있다. 지상에서 사는 알도는 아마도 닭이나 돼지로 볶음을 하려는 것 같다. 싱크대와 연결된 하수관을 타고 흐르는 물소리가 그렇게 말한다.

깊고 푸른 바다를 항해 중인 방공호는 이번에는 하수관으로 물살을 흘려보내며 조금씩 앞으로 나아가고 있다.

허공. 여기저기에 별의 새순이 돋아난다.

지금 바로,

배에서 내려 술을 사러 가기에는 아주 좋은 시간이다.

그곳은 문을 활짝 열어놓았을 것이다.

젓가락

D-4

가시리 화장장에서 자연장 터로 올라가는 길은 익숙했다. 기시감을 넘어 분명히 지나가 본 길임이 틀림없었다.

알도는 다시 한번 주머니 속에 있는 바로크 진주를 만져보았다. 그때 그 시간의 기억이 아슴아슴하게 살아났다.

"저기 저곳이 사티 씨가 묻힐 곳이에요."

사티의 시선이 알도의 손가락을 따라갔다.

텅 빈 곳이었다.

차가운 공기만큼이나 적적해 보이는 흔한 산자락일

뿐이었다.

어젯밤, 알도가 잠든 사티를 발견한 곳은 지하에서 지상으로 연결된 계단이었다.

"나는 왜 내 발로 집 밖으로 한 발자국도 못 나가는 거죠? 무슨 술래가 선을 그어놓은 것도 아닌데 말이에요."

"얼어 죽을 뻔했어요."

그 말에 사티가 큭큭큭 한참을 웃어댔다.

"난 에베레스트 정상에서 잠들었다 해도 죽지 않아요. 5일? 아니 4일? 머 하여튼 뭐가 남긴 남았으니까!"

사티의 말에 알도는 표정을 도둑맞았다. 무슨 표정을 지어야 할까.

"나보고 제일 가보고 싶은 곳이 어디냐고 물었죠? 가보고 싶은 곳이 있어요."

"어딥니까?"

"내가 묻힌 곳! 내가 묻혔다는 그곳으로 날 좀 데려다줘요. 죽어서 산 곳을 가는 건가? 아니 살아서 죽은 곳을 가는 건가? 아주 지극히 신선해요. 그리고 내 눈으로 확인해야 해요. 나 죽으면 안 되거든요? 오수관에 뿌리를 박은 편백이, 편백이에 빨대를 꽂은 쥐가 돼서라도 작품은 꼭 끝내고 싶다고요!!"

사티는 자신의 육신이 깃들 빈자리를 향해 걸었다. 알도의 말이 맞는다면 죽어서 가야 할 길을 살아서 가고 있는 것이었다. 그때 아주 빠른, 뭔가 익숙한 느낌이 칼바람처럼 스쳤다. 서늘한 육감.

땅만 보고 걷던 사티는 울적한 기분을 털어내려고 산언덕 쪽으로 고개를 들었다. 언덕에는 하얀 바탕에 새빨간 글씨로 '산불 조심'이라고 쓰인 현수막이 바람에 세차게 흔들리고 있었다. 현수막에 구멍을 뚫어놓지 않아서인지, 거센 바람 때문에 '산불 조심'이 위아래로 맹렬한 뜀뛰기를 하고 있었다. 마치 하늘로 날아오르거나 앞을 향해 질주하고 싶어 하는 사람을 양쪽 나무 기둥에 꽁꽁 줄로 묶어 놓고, 놔주지 않는 형상이었다. 한쪽 나무 기둥에는 대빗자루와 대형집게가 얌전히 기대어져 있었다.

사티는 계속 알도의 뒤를 따라 걸었다. 알도의 뒷모습은 거침없어 보였다. 줄곧 확신에 찬 알도의 기세에 눌려 어느새 자신도 죽었다는 사실을 인정하고, 영혼이 된 기분으로 알도의 안내를 받는 그림이었다. 이쯤 되면 알도는 저승사자 역을 맡은 배우이고, 자신은 지금 명부에 기록된 초라한 영혼 역할을 연기하고 있다.

아마 영혼이 되면 자신이 죽었다는 사실도 모르고, 사랑하는 사람들 주변을 이렇게 떠돌며 맴돌 것이다. 사티는 어쩌면 자신이 정말 죽은 영혼은 아닐까 싶어 알도 몰래 반대편 손등을 꼬집어보았다.

아팠다.

사티는 혼란스러웠다. 어디까지가 산 것이고, 어디까지가 죽은 것인지. 그리고 지금도 살아있다는 확신이 진정한 확신인지. 알도의 흔들림 없는 저 저돌적이며 확정적인 태도는 어떻게 받아들여야 할지….

"여기가 사티 씨 자립니다."

이게 그 자리란다. 4일 후면 곧 누워야 할 자리.

가로 30센티 세로 30센티.

땅 밑, 마지막 방 한 칸,

생의 종착지.

그 자리는 아직 누런 잔디가 뒤덮고 있었고 너무나 황량하고 싸늘했다.

사티는 자신도 모르게 주변을 이리저리 둘러보았다. 그런 자신을 보고 실없는 웃음이 툭 삐져나왔다. 알도의 말이 사실이라면 죽음을 앞에 두고 마치 이사 갈 집의 환경이 괜찮은지 미리 가늠해보는, 부질없는 짓을 하는 중인 것이다. 역시 인간이라는 존재는 참 어처구니없는 동물이구나 싶었다.

"이대로 남은 시간을 흘려보낸다면 후회하지 않겠어요?"

"그럼 무엇을 하며 보내야 조감독님 눈에 행복하게 비칠까요?"

"……."

너무도 황량한 곳에 누워있을 자신에 대한 허망함이라고 해야 할까? 저항하고픈 오기 섞인 목소리가 사티의 입에서 튀어나왔다.

"어디 라스베이거스라도 갈까요? 남태평양 가서 선탠이라도 할까요? 아니면 최고급 호텔 황금 침대에 누워 톱 배우와 사랑이라도 나눌까요? 무슨 일을 하고 있어야 후회하지 않는다는 거죠? 저는 사랑을 나눌 가족도 없고, 남자도 없어요. 조감독님 말에 자꾸 말려드는 내가 좀 한심하게 느껴지네요."

사티는 기분이 울적했다. 자기 안의 어떤 냉정한 시선이 자신을 자꾸 쏘아보고 있음을 느낀다.

"……잠시…잠시만요. 금방 산불 할아버지만 좀 만나고 올게요. 화장장 앞에서 옥춘사탕을 사 왔거든요. 이 사탕을 엄청 좋아하시는 분이라…."

떠나려는 사티를 붙잡아놓고, 알도는 허겁지겁 자연장 공간의 언덕 뒤편으로 돌아나갔다.

사티는 자신의 꽃장 터를 다시 한번 돌아보았다. 발로 자신의 자리에 돋은 누런 잔디를 비비는 사이, 문득 눈에 띄는 것이 있었다.

꽃장 터 옆, 울타리 역할을 해주던 측백나무 사이에 오래된 플라스틱 교정 젓가락 한 쌍이 버려져 있었다. 사티는 무심코 젓가락을 주워들고는 자신이 묻혔던 자리라는 곳에 표시라도 하듯 푹, 깊이 찔러 넣었다. 순간, 딱 하는 소리와 함께 플라스틱 젓가락이 맥없이 부러져버렸다.

없다.

산불 노인의 움막이 없다. 그 자리는 텅 비어 있었다. 흔하디흔한 빈터였다. 알도가 주위를 몇 번을 두리번거려도 움막의 흔적은 찾을 수 없었다. 그사이 철거를 해버린 것일까? 알도는 움막이 있던 자리를 서성였다. 지금은 1월 14일 발인 일이 아니지 않은가. 그렇다면 그날이 되면 산불 노인을 만날 수 있을까? 아니면 이 모든 것이 내가 꾼 꿈이란 말인가. 그럴 리가 없다. 이렇게 바로크 진주가 있지 않은가. 혹시 이것마저 내가 꾸며낸 것인가?

1월 12일이라는 선명한 날짜의 기억. 그리고 그 찻잔의 향기와 산불 노인은 환상이 아니다. 분명 환상과 움직일 수 없는 경험의 기억은 다르다.

'만물 중에 변하지 않는 것이란 없다네. 또한, 모든 것은 변하지만 제자리 아닌 제자리로 다시 되돌아오게 되어 있지. 마치 겉으로는 터럭 하나도 변하지 않고, 전혀 바뀌지 않은 것처럼 보일지라도 말일세. 변하는데 안 변하고, 바뀌지 않았는데 바뀐 것이라네. 변하고 바뀌기를 진심으로 바라는 사람이 이 지상 어느 모퉁이에서라도 지켜봐 주고 있는 한은, 그 힘으로 언제 어디서나 끝없이 새롭게 태어나고 변할 수 있다네. 그렇지만 결국은 소라껍데기 같은 용수철 형태로 빙글 돌고 돌아 한층 진화된 제자리로 늘 회귀하게 된다네. 그 순환은 '단 한 사람의 눈길'이라는 요인만으로도 족하지. 바라봐 주고 기다려 주는 사람이 없는 자는 생기 없는 순환으로 결국 화석이 되어버린다네. 심장은 식어버리고, 저 스스로 걸어놓은 올가미에 갇혀 길을 잃을 수밖에….'

분명히 이 말은 빨간 산불 조심 모자를 쓰고 점칠의 눈을 가진 노인이 바로 여기, 이곳에서 행운을 빌어주며 하신 말씀이었다.

거룩

D-3

가시리 화장장을 다녀온 후부터 사티는 작업 방에서 글쓰기에만 몰두했다. 수정만 남은 〈사암도인〉 특집극을 죽기 전 완전히 마무리하려는 사람 같았다. 컴퓨터 자판 옆에는 와인을 곁에 두고 취기에 젖은 상태를 유지하는 것을 잊지 않았다.

사티는 자신에게 닥쳐올 리얼한 결말은 개의치 않고, 작품 속의 가상 결말의 수정에만 집중했다. 수정만 끝내면 인생의 모든 숙제도 끝나는 사람처럼 보였다.

알도는 천년만년 살 것 같이 행동하는 사티의 모든 것을 받아주다가도 초조함을 이기지 못하고 마지막 남은 생의 숫자를 들먹이고는 했다. 사티 역시 그런 알도를 모두 이해하는 듯한 자세로 받아주다가도 금방 코웃음을 치며 냉랭한 태도를 감추지 못했다. 두 사람은 말 한마디 사소한 행동 하나하나마다 긴장과 이완을 반복했다.

불안과 애타는 두려움에 시달리고 있는 알도에게 사티는 작년에 받았던 건강진단 검사 결과지를 들이밀었다. 그 결과지는 모조리 정상 A등급이라고 큰소리치고 있었다. 만성 위염 이외에는 특이 사항은 없다는 판단이었다. 이대로라면 하늘의 무게를 못 견딘 지붕이 무너져 압사되거나, 날아가던 비행기가 추락해 사티를 덮치지 않는 한은 죽음은 먼 나라 이야기였다.

D-2

알도는 잠을 이루지 못했다. 거실에서 들리는 사티의 움직임 하나하나가 영화처럼 플레이 되고 있었다. 알도라는 감독은 컷을 외칠 타이밍도 없었고, 어떤 연출의 권리도 주어지지 않았다. 사티는 도도하게 흐를 뿐이다. 하늘은 흰 구름을 붙잡아 둘 수 없다.

뒤척이던 알도는 일어나 거실로 향했다.

"새벽 곡차 향이 그윽합니다."

사티는 홀로 술을 마시고 있었다.

"어젯밤에 마신 술이지 새벽 술이 아니에요. 이제 작품의 라스트만 남았는데 더 쓸 수가 없네요. 주인공이 어려서부터 연모했던 정인을 치료했는데 그 정인을 죽일 수도 없고, 살려두자니 감동이 떨어지고…. 죽으면 오르고, 살리면 떨어지는데 어쩌죠? 시청률?"

시청률이라는 말이 나오자, 어느 말기 암 상태의 작가가 암 선고를 받았을 때보다 시청률 표를 볼 때가 더 두려웠다는 말이 떠올랐다. 사티 역시 결말이 오고 난 후에야 오르고 내리는 숫자에서 풀려날 수 있다.

"그 고민하느라 여태 잠을 안 잔 겁니까?"

"탈고되면 마저 읽어보세요. 이제 저승사자가 깨셨으니 내가 작업 방으로 들어갈 차례군요."

사티는 와인 병 모가지를 움켜쥔 채, 대여섯 걸음을 걷다가 자신의 작업 방문 앞에서 알도를 돌아보았다.

"나 이제 이틀 남은 거예요? 이틀 후면, 이 소란이 끝나고 편안해지는 건가요?"

사티는 즐기듯, 허탈한 듯 말을 툭 던지고는 작업 방문고리를 잡았다.

"…날 좋아한다면서요?"

사티가 물었다.

"……."

"근데 왜…사랑을 좀 더 달라고 하거나…뭐 그런 거도 없고…시시한 그림자놀이만 하시죠?"

다시 고개를 돌려 묻는 사티였다.

"…틈을 안 준 건 작가님이죠."

알도는 사티가 냉랭하게 자신을 대하게 되어있다는 말만은 하지 않았다. 그 말을 한다 해도 사티는 자신을 사랑하지 않을 것이다. '그런가요? 안됐군요.'라는 반응을 보일 것이다.

사티는 이미 취기가 돌아 알도에 대한 저항이 많이 누

그려져 있었다.

"저도 아주 잘 알지요오~ 사랑을 주고 싶은 사람한테 되려 미움받는 거…."

"……."

알도의 마음을 읽은 듯한 사티의 말이었다.

"그거 참 쓰디쓴 일이죠. 자신한테 화도 많이 나고… 아주 드럽죠."

사티가 알도의 마음을 동정이라도 해주듯 다시 소파로 다가와 털썩 주저앉았다. 들고 있던 와인은 탁자 위에 탕 소리가 나게 놓아두고, 처음처럼을 가져와 빈 잔에 가득 따랐다. 사티는 주종을 가리지 않는다. 언제나 취하기 위해서 마시는 것이지 음미하기 위해서 마시는 술이었던 적은 없었다.

"불쌍한 사람을 보니까 소주가 막 땡기네. 음…사랑을 주고 싶은 사람인데…그 사람은 그럴수록 날 때리고 미워해…참 죽어버리고 싶은? 아냐 죽여 버리고 싶은? 뭐 같은…일이다. 그죠?"

사티의 말에 알도가 씁쓸한 미소를 지었다.

"내가 술을 누구한테 배웠게요? 내가 왜 알콜릭이 됐게요?"

사티는 아이가 수수께끼를 내듯 장난스러운 리듬에 실어 물었다.

"창작의 고통 때문에? 예술을 한답시고?…후훗"

사티는 천장을 망연히 올려다보았다.

"왜 마시는데요?"

"사랑을 주고 싶은 사람에게 사랑 못 받은 것까지는 좋은데…왜…왜?…뭐도 모르는 그 어린 계집애한테!…그…그…그 어마어마한…그 인간 증말…."

"글쎄 그게 누군데요?"

"그 인간…지금 알코올 전문 병원에 갇혀 있거든요? 내 입으로 말하면 입이 더러워져…."

사티는 주섬주섬 휴대폰의 액정을 알도에게 들이밀었다. 수신 거절목록에 있는 이름이었다.

"거룩한…자?"

며칠 전, 제일 만나고 싶었던 사람을 물었을 때, 대답 대신 죽을 때까지 만나고 싶지 않은 사람으로 꼽은 이가 거룩한 자였다. 휴대폰에서 좌우로 흔들리던 그 저장된 이름, 거룩한 자가 떠올랐다.

"그래요. 인간 아니고…이…거북하고 거!루!칸! 짐승…."

사티는 거루칸 짐승이 앞에라도 있는 것처럼 흥분했다. 취기가 돈 사티는 술에 취하고, 스스로의 말에도 취해가고 있었다.

“아마 내가 죽는다 해도 이 거룩하신 분은 못 올 거야. 지금 이 사람도 술에 익사 전이거든…. 아빠라는 성분은 도대체 뭐로 만들어진 거죠?”

거룩한 자로 저장된 사람은 사티의 아버지였다.

“우리 아버지가 죽고 못 사는 게 술이라 지긋지긋해서 내가 세상 술 다 마셔 없애버리려고 했어요. 아버지 보란 듯이 말이에요. 그런데 막상 한두 잔 해보니 이게 또 괜찮네? 나같이 둔하고 눈치 없는 인간이 이 세상에서 숨쉬고 살려면 취생몽사가 낫더라고요?…근데 있죠. 언젠가부터 점점 닮아가고 있더라고…증말 닮더라니까요?…어떻게 그럴 수 있지? 끔찍해…완전히 그 인간과 도플갱어니까 내가 찍순이처럼 죽어버리면 동시에 그 빡순이 거루칸도 죽어주면 안 될까?…흐흐흐…그런데요. 그렇게 술이 진저리나서 아빠가 먹는 술을 몰래 숨기고 했었는데…그때 숨겨 놓았던 술을 지금 내가 다 꺼내 마시고 있더란 말이지…하하. 제일 치욕적인 건 어떻게 해서든지 그 인간의 사랑을 받아 보려고 지랄을 떨었던…내가 너무…싫어…병신 같았어…왜 …왜…오히려 나를 제 맘대로 두들겨 패고 짓이기더라고! 나는 뭐 발로 밟으면 삑삑 소리 나는, 그 왜…비명도 나왔다가 노래도 나오는 장난감 멜로디 같은, 거지발싸개 같은 멜로디 신발의 운명이랄까?"

"무슨 견딜 수 없는 사건이라도……."

"무슨무슨 사건 이딴 게 중요한 게 아니에요. 차라리 누구나 동정해줄 수 있는 큰 사건이라도 있었으면 좋겠어. 그건 용서라도 할 수 있고 화해라도 할 수 있지. 사람이 말이지 가랑비 옷 젖듯이 그거 왜 있잖아요. 입만 열면 무시하고 비난하고 말끝마다 토씨 하나 안 바뀌고 하는 저주 같은 거…아주 날카로운 사시미 칼로 물고기도 모를 만큼 살을 아주 얇게 저며 버리면 물고기가 제 살이 갈가리 칼질 된 지도 모른 채, 앞으로 나아가보려고 헤엄치는 순간, 살이 점점이 풀어져 흩어져버리고 하얀 뼈다귀만 포물선으로 꼬르륵하고 바닥으로 처박히는 상황. 그때 물고기 심정이 어떨까요? 엉~ 그런 거요. 말로 품위는 다 지키고 본인은 순교자로 자처하면서 사시미를 말로 뜨는 거, 한마디로 어느 순간 살도 피도 다 말라버린 자신을 발견했을 때는 이미 몸도 마음도 도살돼버린 영혼 없는 고깃덩어리 상태? 정복되지 않은 가축은 굴복할 때까지 아니 죽을 때까지 같은 말 재방송으로 찌르고 또 찔러서 끝내는 못 견디고 자살이나 해야 말 고문이 겨우 그칠까?"

알코올이 연소되기 위해 사티는 시동을 걸고 달리기 시작했다.

"말로 난도질한다는 말 들어봤지요? 얼마나 사람을 찌르고 벨 수 있는지 안 당해본 사람은 상상 못 하죠. 오히려 발길질은 견뎌도 송곳이 후벼 파 놓은 치욕스러운 말들은 지금도 목을 조르고 사람을 비참하게 만든다니까요. 본인의 어두운 죄의식을 힘없는 사람들에게 투사시켜놓고, 정작 본인은 자학적 괴로움을 곶감 빼 먹듯이 또 즐겨요. 병이지 병! 주변 사람들까지 침몰시키면서 혼자 가장 희생자인 척, 세상에서 가장 불쌍한 사람 표정을 영리하게 꺼내 들어요. 그러면 속에서 살아있다는 존재감이 느껴지는 거예요. 스스로 중요한 인물 같고, 무언가 열심히 헌신하며 살고 있다는 착각을 즐기는 거죠. 그렇게 병 속에 갇힌 독사가 제 꼬리인 줄 모르고 제가 물고, 그 독 때문에 정작 본인뿐만 아니라 주변 사람들도 새카

맣게 태워 죽이고 있다는 사실은 모르고…참으로 가련하시며 거룩하신 분.”

사티는 아버지를 떠올릴 때마다 잔을 비워나갔다. 술을 마시기 위해 아버지를 안주로 삼는 건지, 거룩한 아버지가 싫어서 술을 마시는지 모를 지경이었다. 이전에도 한 번 시작된 사티의 폭주는 잠이 들어야 끝이 났다.

어린 사티가 하느님에게 가장 많이 빈 소원은 ‘아빠가 매일 빨리 잠들게 해 달라는 것’이었다. 그래야 하루가 끝나는 것이고 아빠의 폭풍 같은 술주정이 멈출 수 있었기 때문이었다. 아빠가 매번 유리창부터 박살 내고, 엄마를 발로 짓밟아도 어린 사티는 저항할 방법이 없었다. 유일한 몸짓은 본인이 조용해지려고 애쓰는 것이었다. 숨도 되도록 쉬지 않으려 했고, 사박사박 걸어 다니지도 않았으며, 오줌보가 터질 듯이 오줌이 마려워도 방 한구석에서 꼼짝하지 않았다. 숨죽여 조용할수록 발광하던 아빠가 잠들 마음이 티끌이라도 생길 수 있는 것이고, 소음은 아빠가 잠들 마음을 쫓는 일이었다. 바깥에서 엄마의 비명과 살림살이 부서지는 소리가 커질수록 더욱더 죽을 만큼 숨을 참았고, 침도 꼴깍 삼키지 않았다.

운이 아주 좋은 날은 아빠가 아주 길게 길게 잠들어있는 날이었다. 아빠가 미친 발광을 하고 잠들면 아무리 배가 고파도 밥을 먹지 않았다. 김치 씹는 소리나 꿀꺽 밥 넘어가는 소리에 언뜻 눈이라도 뜨면 어쩌나 싶어서였다. 사티는 피가 도는 소리도 들리지 않고, 딸꾹질도 하지 않는 돌멩이가 되려고 무지하게 노력했다. 집안에서 아빠가 보일 때면 차갑고 단단한 아맛나 바처럼 얼어붙었고, 아빠가 깨어있는 한은 그냥 아맛나 비닐봉지 안에서 평생 살아도 좋다고 생각했다. 그런데도 아빠는 오빠가 병약한 것은 저년이 되바라진 소리나 지껄이고, 공부까지 잘해서 제 오빠가 기가 눌려 병이 난 것이라고 몰아붙였다. 의처증이 심했던 아빠는 어느 날 땀을 뻘뻘 흘리며 튀김 안주 심부름을 네 번째 하고 돌아온 어린 사티의 귀를 잡아 끌어당겼다. 그리고 은근하게 속삭였다.

'너는 누구 씨인지도 모르는 년이걸랑? 내 딸 노릇 같은 감쪽같은 연기는 너도 힘들지 싶다? 지금이라도 너희 년들을 당장 폐기물 봉투에 처박아 내다 버리고 싶지만, 네 엄마와 너는 너무나 천한 잡종 년들이라 나 말고는 이 세상 누구도 거두어 줄 사람이 없다는 걸 알아야 해. 내가 아주 인간적인 봉사차원에서 밥은 먹여주고 있는 거예요, 알간? 나중

에 돈 벌면 꼭 갚아야 한다. 네가 처먹은 밥값…. 알아듣지 요? 우리 귀한 따님?'

어린 사티는 천국이 있다면 그곳은 숨소리 하나 없이 조용한 곳일 것이라 생각했다. 귀가 할 일이 없어 도려내어 버려도 좋을 곳.

"내가 왜 글을 쓰게요? 끊어버려야 살 수 있는 기억이 하도 많아서…그 끊어진 곳을 드라마로 소설 같은 몽상으로 대신 이어 보려고 글을 쓰는 거예요. 구멍 난 기억에 내가 만든 새로운 기억을 심어보려다 보니까 어느새 작가 짓을 하고 있데요? 지우려 해도 지워지지 않는 화상 흉터 같은 기억들은 돈이 될 수 있게 글로 가공해서 내다 팔아 치워 버렸지…그러니까 신기하게도 돈만 들어오는 게 아니라 망나니 같은 기억들이 칼질을 좀 멈추데요? 그 빌어먹을 기억들이 밥값을 하는 거잖아. 그래서 내가 작가 짓을 그만 못 둔다니까? 이 지긋지긋한 짓을 그만 못 둬요. 글쎄!"

베란다 창밖에는 산에서 살아야 할 까마귀들이 사람이 사는 낮은 지붕들을 넘나들고 있었다.

"내 기억 중에 어떤 것이 진짜인지, 또 어떤 게 만들어진 기억인지 이제는 분간이 잘 안 돼요. 전혀 난 몰랐는데…의사가 작화증이라고 하데요? 그 의사 너무 한 거 아니에요? 그런데요. 작화라는 게 자기가 만든 거짓말을 본인도 아예 진짜로 믿어버리는 거…. 진실로 솔직한 거짓말이라던가? 내가 바로…그…진실로…솔직한…거짓말쟁이 작가입지요."

"작화증 환자 아닌 인간이 있을까요?"

좀처럼 자신의 집안 얘기를 안 하던 사티였다. 그래서 학창 시절 자신의 별명이 독일 잠수함이었다고 했다. 그러던 사티가 죽음을 의식해서인지, 술 탓인지 가슴에 쇠못처럼 박혀있던 거룩한 자에 대해 입을 열었다. 한번 열린 입은 그간 울분을 보상이라도 받겠다는 듯이 무당의 공수처럼 쏟아져 내렸다. 대학로 소극장의 열정적인 배우의 모습이었다. 그녀 인생의 대본은 채널을 돌리고 싶을 만큼 지리멸렬했다.

사티의 인생을 긁어 파고 자르고 찢어버린 아버지는 그녀 목구멍에 걸린 가시였다.

날이 훤하게 밝았다.

알도는 사티가 조는 것을 보았다. 꼬마 여자아이가 억

울한 것을 엄마에게 울며불며 이르고는, 언제 그랬냐 싶게 인형 놀이에 빠져버린 아이와 같았다.

사티는 졸음에 겨워 머리를 자울거렸다. 머리가 바닥으로 떨어질 것 같아 아슬해 보였다. 알도는 이불과 베개를 꺼내왔다. 베개를 놓고 사티를 그 위에 눕히기 위해 조심스럽게 옆으로 밀었다. 사티의 몸이 스르르 옆으로 쓰러졌다. 그때 알도가 사티의 베개를 집어 던지고는, 떨어지는 사티의 머리 아래로 빠르게 자신의 왼팔을 뻗었다. 사티의 머리는 다시 예전처럼 알도의 팔뚝 위로 낙하했다. 다행히 사티는 단잠을 깨지 않았다.

알도가 빙긋이 미소 지었다. 발을 움직여 사티의 휴대폰을 발끝으로 끌어당겼다. 남은 오른손으로 사티의 휴대폰을 겨우 주워들었다. 알도는 휴대폰을 열어 수화기 모양의 아이콘을 누르고는 설정 창을 열었다. 어느 목록 중, 자음 'ㄱ'으로 시작하는 이름 앞에서 알도의 엄지손가락이 서성였다.

휴대폰 액정에서 시선을 돌려 모서리에서 끊어진 천장 무늬를 한참 동안 바라보던 알도는 조심스럽게 사티의 어깨에서 팔베개를 풀었다. 외출하기 위해서였다.

D-1

하루.

한 낮과 한 밤이 지나가는 시간이다. 오늘의 첫 번째 태양과 마지막 달이 지고 나면 사티와 작별이다.

알도는 눈을 뜨자마자 무거운 마음이 짓눌렀다. 속에서 자꾸 무엇인가가 계속 허물어진다. 허물어진 잔해로 물기가 번진다. 알도는 번지는 물기를 털어내려고 심호흡을 해가며 무너져 가는 것을 다시 세워 올린다. 바람이 분다. 가까스로 올려 세워놓은 것은 곧바로 또 맥없이 허물어진다.

알도는 사티의 작업 방 방문을 두드렸다.

"놔둬요."

그녀는 바깥으로 나올 생각을 하지 않는다.

하루를 남긴 날, 사티는 문을 잠근 채 기껏 글만 써댄다. 사티의 방문을 부수고 들어간다 해도 그녀에게 무엇을 요구한단 말인가. 알도는 허물어지는 가슴을 안고, 현관문 밖으로 나갔다. 겨우 할 수 있는 일이라고는 구름을 잡지 못하는 하늘을 보는 일이다.

간이 의자에 주저앉아 주기적으로 지나가는 하늘의 물고기를 바라보았다. 물고기의 배 속에 많은 사람이 타고 있다. 한 사람, 한 사람 누구와도 대체할 수 없는 그들의 웃음과 눈물. 갖가지 사연들을 안고 지금 잠시 한 뱃속에 그들은 몸을 싣고 있을 뿐이다. 저 물고기가 땅으로 곤두박질친다면 그들은 어떤 인연으로 마지막 생을 함께하게 된 것일까.

쇠 물고기의 유영을 지켜보며 한 여자의 삶도 어찌해볼 수 없는 자신의 무기력을 느끼며 알도는 고개를 절레절레 흔들었다.

알도가 실내로 들어서자 사티가 의기양양한 표정으로 프린트한 종이 묶음을 불쑥 내밀었다. 원고였다.

"드디어 초고를 다 썼네요. 앞으로도 계속 더 수정해 나갈 거예요."

사티의 목소리는 달떠있었다. 숙제를 다 마친 아이의 도도함이 묻어있었다. 그 당당한 맹랑함이 차라리 반가웠다.

사티의 남은 날들과 바꾼 원고를 바라보았다. 완고한 원고의 겉장 표지에는 작품의 슬로건이 적혀있었다.

'마음의 뜨고 가라앉음을 살피라 - 조선 최고의 신침 〈사암도인〉'

알도는 소파에 앉아 곧바로 초고의 첫 장을 넘기지 못했다. 표지만 여러 번 쓰다듬었다. 남은 날들 대부분을 이 종이 뭉치와 바꾼 사티였다.

우리 인생도 초고를 살고, 다시 수정할 수 있는 삶이라면…. 그러나 삶이란 흰 원고지에 단 한 번의 글을 쓸 수 있을 뿐이다. 인간은 모두 초고 인생이다. 실수와 난잡한 오류투성이인 초고 상태 그대로 이 세상과 이별해야 한다. 알도는 그것이 너무 가혹하다는 생각이 들었다. 사티도 아버지와의 관계를 새롭게 쓸 수만 있다면, 다시 수정해서 쓰고 싶을 것이다. 세상에 단 한 사람뿐인 가장 존경하고 눈물겹게 사랑하는 아버지로….

"안 궁금해요? 감독이 작품을 앞에 놔두고 표지만 만지작거리고 있으면 어떡해요. 슬슬 화가 날라 그러네."

알도는 작품을 가슴에 안고 계면쩍게 웃었다.

"설레네요. 첫 아이같이…."

눈시울이 자꾸 뜨거워진다. 알도는 아무래도 원고 위에 눈물을 떨굴 것 같아 헛기침을 여러 번 하고 마음을 다잡았다. 작품의 본문을 떨리는 마음으로 겨우 한 장 넘겼다.

S#1 가시리 화장장이 첫 장면이었다. 예상 밖의 첫 씬에 알도는 깜짝 놀랐다.

"어? 가시리 화장장으로 시작하네요. 예전에는 시골 장터가 첫 장면이었잖아요?"

"완전히 수정했어요. 현재와 조선 시대를 오가는 것으로 바꿨어요. 그래야 간접광고도 숨통이 트일 것 아니에요. 광고 붙을 거 걱정했잖아요."

알도는 광고까지 걱정하는 사티에게 굳은 얼굴로 억지 미소를 보냈다.

알도는 수정된 첫 씬부터 읽기 시작했다. 한 글자 한 글자 시간과 맞바꾼 흔적이었다.

쉬지 않고, 잠자지 않고, 이 땅에서 마지막으로 마음을 다한 그녀의 자취.

알도는 원고가 쇳덩이만큼이나 무거웠다. 그러나 제어할 수 없는 머릿속은 콘티가 그려지고 카메라 앵글이 바쁘게 움직였다. 배우들의 음성이 들렸다. 배경 음악, 미술, 의상이 풍경화처럼 그려졌다. 그런데 읽어갈수록 배우들의 목소리에서 알도 자신의 목소리가 들렸다. 사암도인이 조선에서 현대로 타임 리프해서 벌어지는 일이 중요한 맥락으로 표현되어 있었다. 심지어 사암도인은 빨간 산불 조심 모자를 쓰고, 방송국 조감독에게 약초 차를 마시게 하여 조선으로 보내 그 세계를 경험하게 하는 스토리였다. 알도 자신의 이야기와 너무 흡사했다. 알도는 뒤통수를 맞은 느낌이었다.

"이거 내가 작가님에게 해준 이야기 아닙니까?"

"조감독님의 그 허무맹랑한 이야기를 열심히 들어주고 장단을 맞춰준 이유가 뭐겠어요? 그렇게 하지 않았으면 그 허황한 이야기 멈출지도 모르잖아요. 처음엔 듣기 싫었는데 듣다 보니 드라마적이고 좋은 스토리여서 욕심이 나더라고요? 그래서 큰맘 먹고 제집에 머물게 허락도 해주었고요. 너무 라이브로 생생한 스토리였어요. 물론 제 이야기니까 더 그랬겠지요? 하하하. 내일 그 말이 맞기를 바래요. 그러면 진짜 이건 드라마가 아니라 세상에 하나뿐인 리얼 다큐멘터리가 되는 거니까요. 리얼 다큐!"

"리얼 다큐…."

사티 입에서 나온 리얼이라는 말에 알도는 '리얼'이라는 단어가 무슨 뜻인지 도무지 모를 단어가 되어버린 것 같았다.

"설마 동업자끼리 표절이라는 말은 안 하겠죠? 자신이 감독할 작품에 원안을 제공했다고 해서, 원안료 달라는 말도 물론 못 하실 거고요."

하하하! 사티는 의기양양하게 알도를 쳐다보며 웃었다.

알도의 얼굴이 굳어졌다. 상상하지 못한 일이었다. 자신만 사티의 일거수일투족을 탐색한다고 생각했지, 이토록 사티도 자신을 꼼꼼하게 취재의 눈으로 바라볼 줄은 몰랐다. 그야말로 어처구니없었다. 자신의 말 한마디, 행동 하나하나를 얼마나 유심히 분석하고 기억했을까.

자신이 한 행동과 말이 작품 곳곳에 스며있었다. 자신의 반응을 보려고 사티가 말을 유도한 부분도 있었다. 그럼 어디까지가 작품을 위한 것이고, 무엇이 사티의 진심이었을까. 사티의 말은 어느 선까지가 작화였을까?

그간의 진짜와 가짜, 조작과 사실, 기억과 망각 그 모든 경계가 춤을 추고 있었다. 사티 또한 알도가 행한 모든 언행이 환상과 실재, 허위와 진실, 속는 자와 속이는 자로 보였을 것이다. 피차간에 눈을 가린 대들보 구름이었고 티끌 구름이었다.

양떼구름, 새털구름, 소나기구름이 제아무리 요란하게

천변만화한다 해도, 하늘은 솜털 한 올만큼도 움직인 적 없다. 사티와 알도는 하늘이다. 하늘은 하늘을 보지 못하고, 눈은 눈을 볼 수 없어 대들보와 티끌을 보지 못할 뿐이다. 하늘은 하늘이고 구름은 구름이다. 하늘은 구름의 틀 자체여서, 제멋대로 일고 꺼지는 구름이 하늘 아래 달린다. 사티는 사티의 것이고 알도는 알도의 것이다. 사티 아래서 알도가 달리고, 달리는 사티 위에 알도가 있다.

사티는 탈고의 짜릿함에 들떠 자축의 술잔을 채우고 있었다.

알도는 현관문을 나가 발길 닿는 대로 걷기 시작했다. 발이 몸뚱이를 싣고 닭장 앞에 멈춰 섰다. 손이 닭장 문을 열더니 단아한 닭이라는 삐약이를 닭장 밖으로 내몰았다. 그리고 알도가 둥지에 닭처럼 무릎을 끌어안은 채, 웅크리고 앉았다. 닭장을 나온 삐약이는 멀리 가지 못하고 닭장 주위를 맴돌았다. 한때 저 삐약이가 들개에게 피습당했을 때, 자기 몸의 반을 들개의 입에 남겨두고, 반만 겨우 살아났다고 했다. 그때 사티는 뒤쪽 반이 무너져 내려 걷지도 못하는 삐약이의 몸뚱이를 재생시키기 위해 하루에 후시딘 한 통씩을 발라주어야 했다고 한다. 급기야 봄이 왔고 새살은 꾸들꾸들 새싹처럼 움이 터 나왔고 끝내 삐약이는 재생되었다. 온전하게 재생된 삐약이가 여전히 단아함을 잃지 않는 것을 보고, 사티는 타고난 천품은 바뀔 수 없는 것이라는 믿음이 생기게 되었다고 했다. 다시 말해 반은 온전해져야만 천품이 발휘될 수 있고, 반이 반으로써만 머물면 평생 온전함을 향한 헐떡임을 멈출 수 없었을 것이라는 믿음이었다.

사티는 후시딘을 발라줄 때 늘 보아야 했던 삐약이의 웅크린 몸뚱이를 본 후, 닭백숙 자세의 닭은 더는 못 먹겠더라고 고백했다. 그러나 언젠가 형체를 알 수 없이 토막 토막 난 치킨의 고기를 씹으며 시원한 생맥주를 마시던 사티는 이런 고기 살은 백숙 고유의 엎드린 포즈가 아닌 까닭에, 생명 닭의 성질보다는 큐브 같은 입방체 물질에 가까워 술안주로 즐기기에는 그만이라며 깍둑썰기해 놓은 살을 질겅이며 깔깔 웃었었다.

알도는 사티의 작가적 욕심에 감정의 파도가 출렁였지만, 방공호에서 사티가 안심을 찾듯 자신도 닭장에서 잠시 삐약이의 역사를 떠올리고, 삐약이가 되어 본 기분 전환으로, 혼란이 잦아드는 것을 느꼈다. 알도는 실내로 발걸음을 옮기며 자신의 일거수일투족을 작품으로 녹여

낸 것을 만족해하는 사티가 오히려 다행이라고 생각했다.

"작가님이 저를 깜짝 놀라게 했으니 저도 보답을 해드려야겠지요. 차분하게 받아주세요. 부탁드립니다."

알도가 정색하며 말했지만, 사티는 원고를 다 쓴 해방감에 흠뻑 젖어있었다.

"부탁씩이나요? 그보다도 만약 이번 작품 편성 못 받으면 저는 이 작품 다른 제작사랑 할 테니까 그때 가서 다른 말하기 없기예요."

"작품에 대해선 아무 걱정하지 마세요."

알도는 사티가 초롱초롱한 눈으로 미래를 이야기할 때마다 가슴이 시큰거렸다.

"휴우~ 그렇게 아량 넓게 이해해 주시는데, 저 또한 조감독님이 어떤 것으로 날 놀라게 하시던지 상관 안 해요."

"고맙습니다. 작가님. 그런데 술 한 잔 따라드릴까요?"

"네에? 어쩐 일이세요?…뭐, 무서운 일이에요?"

알도는 의아해하는 사티 옆으로 자리를 옮겼다. 그리고 약간의 기대에 들떠있는 사티의 잔에 술을 가득 부었다.

내일 사티는 어떤 이유로 결말을 맞게 될까. 전혀 알

수 없다. 막막한 두려움이다. 아침 점심 저녁 어느 시간에 이별할지도 알 수 없다. 막연하게 기다릴 뿐이다. 그러나 사티가 가는 마지막 길을 가볍게 해 줄 수는 있다.

알도는 실천하지 않으면 후회만 남을 것 같은 조바심에 어제 오후, 사티가 오랜 시간 가장 원하고 있었지만, 자신의 힘으로는 시도하지 못할 일을 준비했다. 그것이 사티의 영혼의 무게를 가볍게 해줄 수 있기를 바랄 뿐이다.

사티가 따라준 술을 달게 마실 때, 알도는 자신의 휴대폰을 꺼냈다. 알도는 사티를 힐끔 한번 보고는 휴대폰 동영상 플레이를 눌렀다. 거기에는 한 남자가 주인공이 되어 사티를 정면으로 바라보고 있었다.

사티야? 나다!

화면이 켜지자 사티의 미간에 주름이 깊게 잡혔다. 정지되어있던 화면 속의 남자가 입을 열자, 사티가 비명을 지르며 일어섰다. 소파를 넘어 싱크대 쪽으로 도망쳤다.

"아아아악~ 씨~~ 뭐야 진짜! 미쳤어!!"

사티는 싱크대 앞, 분리수거 봉투에 들어있던 찌그러진 캔들과 잡동사니들을 손에 잡히는 대로 알도를 향해 던졌다. 소파 주위는 순식간에 난장판이 됐다. 놀란 것은 사티뿐만이 아니었다. 사티의 반응이 저 정도까지일 줄은 알도도 예상하지 못했다.

"이 미친놈아! 당장 꺼! 빨리 꺼!"

"부탁드렸잖아요!! 부탁! 제발!!"

알도의 목소리가 쩌렁쩌렁하게 집안을 울렸다. 이 집에 들어와서 처음 지르는 고함이었다. 정확히 말해 사티를 알게 된 5년 동안 처음으로 목청을 높인 것이다. 사티가 저항을 멈추고, 알도를 쏘아보았다. 알도도 사티의 눈길을 피하지 않았다. 사티에게서 시선을 떼지 않은 채 동영상을 다시 플레이했다.

액정 속의 초췌한 남자는 무심하게 말을 이어갔다.

사티의 아버지는 알코올 치매에 시달리고 있었다. 정신이 온전할 때도 있었지만, 대부분 병원에서 준 약물에 취해 인사불성일 때가 더 많았다. 알도가 사티의 휴대폰에 있는 전화번호로 전화를 걸었을 때도 아무도 전화를 받지 않았다. 운 좋게 겨우 전화를 받았을 때는 요양원 직원이 전화를 대신 받아 넘겨준 것이었다.

알도가 그를 찾았을 때, 그는 자신의 딸인 사티의 기억도 가물가물했다. 정신이 돌아올 때도 있었지만, 대부분 자신이 누구인지도 그곳이 어디인지도 불분명했고, 자기가 만들어놓은 작화의 세상에서 헤매고 있었다. 다행히 그가 정신이 온전할 때 찍어놓은 동영상을 직원이 전해주었다. 나중에 자신이 사망하면 딸에게 건네주라는 부탁을 받은 영상이었다.

영상 속 아버지는 방금 머리를 감았는지 머리카락이 물기에 젖어있었다. 잘 보이려고 빗질을 세심하게 한 탓에 가르마가 논두길처럼 선명하게 갈라져 있었다.

술병을 움켜쥔 사티는 차마 가까이 다가서지 못하고, 싱크대 의자를 짚은 채 반대편으로 시선을 돌려 영상을 외면했다. 알도는 볼륨을 최대한 높였다.

"사티야…오늘 아빠가…정신이 참 좋다. 혹시 나 죽으면 이거 너에게 전해 달라고 부탁해 놨어. 살아생전에 내 딸 얼굴을 보기 힘들 것 같아서 말야…네가 이걸 본다면 아마 난 이 세상에 없겠지. 그렇게 안 키웠는데 참 매정한 딸이로구나…어떻게 한번을 코빼기를 안 보이느냐? 내가 널 어떻게 키웠는데 배은망덕하게스리…그래도 너를…내가 용서한다. 너는 내 하나밖에 없는 딸이잖어…. 내 딸아 그렇지?"

어우, 미쳤어!

화면을 외면했던 사티가 소리를 질렀다. 거룩한 자로 불리던 아버지의 말씀은 계속 이어졌다.

"오늘 낮에 오징어 튀김이 나왔다. 너 보여 줄라고 가져왔다. 이거 보이니?"

사티의 아버지는 튀김을 카메라 앞에 들이댔다. 좀 더 잘 보이게 하려고 카메라와 튀김을 번갈아 쳐다보면서 각도를 맞추느라 애를 썼다. 사티는 반사적으로 힐끔 돌아다보고 이내 고개를 다시 돌렸다.

저 튀김은 술안주로 거룩한 자신이 좋아했던 것이었다. 술을 마시면 식사를 못 했기 때문에 술안주인 튀김으로 대신 끼니를 때웠다. 지겹도록 사티는 튀김 안주 심부름을 했어야만 했다. 그때도 심했지만 지금도 튀김 기름 냄새만 맡으면 여지없이 느글느글한 구토를 느꼈다.

"바삭바삭한 튀김옷이 아주 끝내준다?…클클클…운 좋으면 여기 원장님이 네가 젤 좋아하는 새우튀김을 간식으로 주실 때도 있거든…튀김을 보믄 우리 딸 생각이 많이 나. 그래서 차마 나 혼자 그걸 못 먹겠더라니까? 그래서 내가 새우튀김은 안 먹어 버린다. 내가 못 먹겠더라니까? 네가 밤낮으로 먹고도 또 먹고 싶어 했잖니…내 손으로 하나 먹여주고 싶은데…그런데 내 딸이 나랑 같은 대한민국에 있는데…보기가 많이 힘들구나. 그리고 혹시 오빠가 널 서운하게 대했어도 니가 이해해라…그놈이 좀 못 됐지. 암…그래도 나는 널 하나밖에 없는 딸이라고 얼마나 귀하게 키웠니…우리 딸 보고잡프다…그래도 너 키울 때가 제일 좋았던 때다…세상에서 널 제일루다가 사랑한다. 아쉬운 대로 이 오징어 튀김이라도 잘 보이니?"

기억.

아버지는 곧 지옥이며 거룩한 자였다는 사티가 조용했다. 한동안 말이 없었다. 약간의 시간이 흐르고 그녀가 두 손으로 자신의 얼굴을 여러 번 쓸어내렸다.

"내일이 저 죽는 날 맞아요? 지금 기분 같으면 그 말이 딱 맞았으면 좋겠어! 이게 뭐하는 짓이야 정말!"

"사티 씨! 제 부탁인데요. 아버지를 용서하고 마음에서 내려놓고 가세요."

"용서…화합…이런 거 무척 거북하거든요! 그런 건 드라마에서나 봐요! 그 잘난 드라마에서!"

"아버지는 이제 짐승이 아니라 사람도 못 알아보는 갓난아이가 된 사람이에요!"

"상대가 불쌍해졌다고 용서해 줘야 하나요? 아버지가 내 가슴에 갈겨놓은 오물은 아무리 갖다버려도 냄새가 나요. 아침에 눈뜰 때마다 그 냄새부터 나요. 보셨죠? 화면…그자는 자기가 무슨 짓을 한지도 몰라요. 오히려 가족들 탓에 자기 인생이 개차반이 됐다고 남 탓하기에 바쁜 사람이에요. 그게 더 무서워요! 누구에게 물어봐도 가해자인 사람이 피해자라고 우기면 저는 어디다 대고 하소연하죠?"

"죽이고 싶은 상대에게 해줄 수 있는 최고의 복수는 피 터지게 대항하는 것이 아니라 '사랑을 깨닫게 해주는 거'라면서요? 대항하는 것은 짐승도 할 수 있는 가장 손쉬운 방법이라 하수들의 복수라고 했어요. 그리고 마음 속에 늘 분노에 차 있는 사람은 이미 지나가 버린 헌 사건, 헌 생각에 갇혀, 그 헌 것들을 퍼 올리고 또 퍼 올리기 때문에 일고 꺼지는 분노에서 한 발자국도 벗어날 수 없는 거라고, 순간순간 새로운 시간이 이렇게 눈부시게 다가오고 있는 것이 보이지 않느냐고, 어서 이미 지난 허깨비 헌것들과 망상 속의 놀음을 그치고 새 시간이라는 손님을 맞아들이라고 하지 않았나요? 그건 그냥 거룩한 드라마용 대사였습니까? 사티 씨도 거룩한 말만 골라 하는 거룩한 작가입니까?"

"……"

"사티 씨 첫 작품의 라스트에서 주인공이 한 말들이에요. 저를 돌아보게 한, 곱씹을수록 불편한 대사였어요. 그 대사들이 형을 바라보던 제 시선을 다시 생각해볼 수 있게 해주었고요. 사람들에게 지쳐 분노가 치솟아 다 엎어버리고 싶은 심정일 때도, 최고의 복수를 해주려고 화를 풀고 내 발목을 잡는 그 대사를 떠올렸어요. 그리고 당신은 나에게 감동을 주는 좋은 작가로…여자로 내 마음에 걸어 들어 왔고요."

알도는 사티를 태울 것같이 응시했다. 깊은 속에서 두레박질한 말이었다.

당신을 제 목숨보다 더 사랑합니다!!

울컥 토해진 알도의 거센 목소리가 고요한 공간에 굽이쳤다.

그 말은 한겨울 흰 눈 쌓인 눈길을 붉어진 맨발로 질주하는 어린아이의 고함 같은 것이었다. 알도는 터지도록 두근대는 심장을 제어하지 못해 맨발로 어디론가 뛰쳐나갈 것만 같았다. 설명할 수 없는 극도의 쓸쓸함이 밀려왔고, 그 자리에서 버티기 위해 바로크 진주만 부서지도록 움켜잡았다.

맨주먹을 꼭 쥐고 있던 사티는 아무런 말도 하지 않았다. 알도의 눈도 마주 보지 않았다. 그저 바닥에 굳건히 버티고 서 있는 알도의 우악스러운 맨발만 뚫어져라 바라보았다.

이제 팔베개를 풀 때

1월 12일. 0시.

알도는 시계를 보고 바짝 긴장됐다.

바로 오늘.

해원解冤

알도는 사티가 떠나기 전, 세상에 대한 집착 없이 훌훌 털고 가벼워져야 한다고 생각했다. 생의 마지막 시간에 선 최종적인 인간은 무엇보다 가장 가까운 사람과의 씻김이 있어야 한다.

사티의 통증은 아버지였다. 그녀의 삶에서 지울수록

되살아나고, 걷잡을 수 없는 분노의 싹은 아버지로부터 시작되었다.

사티의 원고에 의하면 사암도인의 침법과 대비되는 중국의 침은 대부분 아시혈 침법이었다.

"사티 씨의 작품에서 자주 나오는 아시혈 침법 아시죠?"

"……"

"아픈 통증이 있는 바로 그 자리에 침을 꽂는 거…아프다고 비명이 솟아나는 딱 그 지점, 그 통처에 침을 꽂아, 오히려 강하게 침을 자극시켜 고통의 자리를 헤집어 놓으면 치유가 되는 아주 묘한 이치 말입니다. 오늘 사티 씨의 아시혈에 제가 손을 댔습니다."

알도는 말을 하면서도 시간을 살폈다. 사티의 표정 하나하나 몸짓 하나하나에 집중했고 탐색의 눈을 늦추지 않았다. 1분 1초가 흐를 때마다 긴장감이 차오른다. 사티가 멈칫하는 몸짓에도 가슴이 철렁했다.

"괴물 같은 짓이죠."

사티는 가늠할 수 없는 무표정으로 말했다.

"술은 차가운 피를 데워줘서 괴물이나 웬수에게도 미친년이나 된 것처럼 호물호물 너그러워지게 해요. 한약이니 침뜸 따위가 이 치료법을 따라갈 수 있을까요? 괴물들로 인한 상처에는 술보다 좋은 약물을 아직 보지 못했어요."

사티의 말에 그럴지도 모른다고 알도는 생각했다. 아니, 사티의 말은 무조건 옳다.

"오늘 제가 주제넘은 짓을 했다면 사과드릴게요."

"만약 오늘이 제가 죽는 날이라면 그런 사과 받아서 어디다 쓰죠? 차라리 진짜 빨간 사과라면 이승에서 마지막으로 먹어보는 특별한 음식이 될 테지만…정말 미안하면…팔베개나 한번 해주시겠어요?"

"네?"

팔베개.

알도는 깜짝 놀랐다. 늘 혼자이기를 원하던 사티였다. 아무리 술에 취했을지라도 누구에게도 기대지 않고 홀로 곯아떨어져 자던 사티였다.

"오늘은 너무너무 피곤한 하루네요. 원고도 끝났고…튀김에…게다가 당신까지…무엇보다 오늘은 내 마지막 날이라면서요? 그럼 공연히…공연히…공연히 애쓰지 말고 쉬어야겠죠? 팔베개나 하고?"

알도는 쑥스러웠다. 팔베개는 눈 감은 사티만 했었다.

눈 뜬 사티가 자신의 팔에 누워본 적은 없었다. 사티가 일어날 것 같으면 늘 깨기 전에 몰래 팔을 거두었었다.

"여기서 눈만 잠깐 붙일 거예요. 거실에 누우면 베란다 창으로 하늘이 잘 보이거든요."

사티의 목소리에는 기운이 없었다.

계면쩍은 알도는 사티가 눕기 편하도록 거실로 요와 이불을 가져왔다.

"당신이 참 싫었는데…음…그냥 팔베개하게 팔만 뚝 잘라서 주면 안 될까요?"

사티의 말에 알도가 서늘한 미소를 지었다.

"그 거룩하신 자도 팔뚝이 참 굵었어요. 그렇게도 모질게 굴다가 초등학교 4학년 내 생일날 딱 한 번…정말 딱 한 번…팔베개를 해준 적이 있었는데…그게 너무 눈물 나게 고맙더라고요. 나도 속으로 내가 미친년이라고 했지만 너무 푸근한 걸 어떡해…후후."

알도는 베개를 요 위에 올려놔주었다.

"나도 이담에 팔뚝 굵은 남편 만나서 평생 팔베개해달라고 해야지…그렇게 결심했었는데…지금은 피곤하니까 남편 대신 쪼감독님 변변찮은 팔뚝에라도 해야지 뭐…. 내가 술 깨면 이런 기회 다시는 없을 테니까 후딱 팔뚝이

나 줘 봐요."

사티는 베개를 휙 던져버리고는 알도의 가슴을 밀어 넘어트렸다. 누운 알도의 팔을 쭉 빼서 먼지를 털듯이 팔뚝을 탁탁탁 고르더니 냉큼 자신의 머리를 뉘었다.

"아~ 좀 좋다아~"

채 1분도 지나지 않아서 사티는 낮게 코를 골았다. 알도의 가슴에 물기 대신 웃음이 번졌다. 오랜 시간 사티를 바라봤지만 이렇게 깊은 속에서 참을 수 없는, 웃음다운 웃음이 나오기는 처음이었다. 그것도 사티가 죽는다는 날….

닭 울음소리에 잠이 깼다.

아침 5시 30분.

팔뚝이 허전했다.

알도는 스프링처럼 벌떡 일어나 앉았다.

사티가 없다.

알도는 사티의 방문을 벌컥 열어젖혔다.

없다.

화장실 문을 두드렸다.

역시 비어있었다.

급하게 사티에게 전화를 걸었다. 역시 불길한 예감을 증명이라도 하듯 받지 않는다.

사티!!

넓지 않은 실내 공간 여기저기를 정신없이 돌아다니며 외쳤다. 방문을 열어보고 또 열어보았다. 불안감이 머리 꼭대기에서 건들거렸다. 결말이라는 예감이 불손하게 불쑥 머리를 내민다. 허겁지겁 밖으로 뛰쳐나갔다. 마당에도 뒤꼍 닭장에도 사티는 없다. 알도는 힘이 풀려 나무 데크에 주저앉았다.

"왜 그런데?"

새벽 기도회를 나가던 달래 할머니였다. 달래 할머니는 급성 심근 경색이 왔었지만, 응급 심장 스텐트 삽입술을 받고 집으로 귀환할 수 있었다. 처음으로 응급실 문턱을 넘으신 이후로는 부쩍 더 이웃들을 챙기셨다.

"혹시 사티 못 보셨나요?"

"차가 안 보이잖어?"

그러고 보니 차가 없다. 알도의 가슴이 쿵쿵 뛰었다.

"다 큰 처녀가 어딜 갔겠어. 누가 훔쳐 갔을까 봐? 아무 걱정 말고 이따 우럭젓국이나 한 사발 가지러 와. 작가 색시가 젤로 좋아하걸랑? 해장에는 칼칼한 그거 이상이 없어."

달래 할머니는 사랑싸움이 재미있다는 듯이 웃으시며 지나갔다.

알도는 다시 전화를 걸었다. 역시 받지 않았다. 데크에 앉은 알도의 다리가 달달 떨렸다. 알맹이는 빠져나가고 푸석한 피부 껍데기만 남아 간신히 버티고 있는 느낌이었다.

시간이 얼마나 흘렀는지도 모른다.

전화였다.

"쪼감독님…나 죽을까 봐 걱정했어요? 걱정 마요. 나 살아있으니까. 아마 밤쯤에 들어갈 것 같은데…저녁이나 잘 준비해 놓으시죠?…끊을게요."

"지…지금 어디예요?"

알도의 목소리가 턱없이 높아졌다.

"내가 일일이 보고해야 할 일이 아닌 것 같은데요?"

"좋아요. 작가님…잠깐 전화 끊지 말고요. 내 얘기 들어요. 〈사암도인〉 주연은 작가님이 추천한 김갑수 씨로 할게요. 젊은 역은 김우빈이 낫겠죠? 그리고 여자 주연은요….”

“갑자기 왜 일 얘기를 하세요? 다음에 천천히 얘기해요.”

“자…잠깐요. 저는…이대로 당신을 보낼 수 없어요. 아무리 생각해도 아무것도…아무것도 바뀐 게 없어요!”

“뭐가…바뀌길 바라는데요?”

“당신과 1,000일…10,000일을 함께하면 내 마음을 느껴지게 할 수 있을까요? 당신이 당신 삶이 참 좋았다고 말하게 할 수는 없었을까요? 아, 술밖에 줄 게 없는 내가 정말 무능력해도 이렇게 무능력할까요. 저를 용서해줄 수 있어요?”

“완전 무능은 아니죠. 아마? 매번 당신 마음까지 벨 수 있어서 스르르 잠이 잘 들었거든요? 후후…다음에 얘기해요.”

알도는 사티의 ‘매번…?’이라는 말에 마음이 덜컹했다. 늘 만취 상태에서 팔베개를 해서 깊이 잠든 줄만 알았던 그녀였는데….

“그럼 지금 어딘지만 말해줘요!!”

"걱정하지 말라니까요."

"어디냐고요? 지금!!"

"다음에 얘기해요. 전화 끊어요."

다음에…

다음에…

빌어먹을 다음에…

아무것도 바꿀 수 없었다 해도…

팔베개는 다시는 못 해준다 해도…

그래도 마지막 술잔만은 내 눈앞에서 비워야 하는 거 아닌가….

전화가 끊겼다.

알도의 다리는 떨림을 멈추지 않았다.

파국의 순간, 산불 노인의 말씀이 파고들듯 떠올랐다.

'사람이 사람을 변화시켜 인생을…바꿔줄 수…바뀌기를…새롭게…한 사람의 눈길…이 세상에 자네만…그 여자를 바라보고…어디선가 자네를….'

1월 12일.

오늘 사티는 어떤 방식으로든 지상에서 떠난다. 자살이든 타살이든 사고사이던 그것은 오랫동안 인간이 해왔던, 앞으로도 그 방식에서 한 치도 벗어날 수 없는, 인간만의 방식으로 이별한다.

휴대폰 벨 소리가 울린다.

알도는 낯선 번호가 찍혀있는 액정을 힐끔 쳐다보았다. 받을 수 없다. 아린 통증이 가슴을 후빈다. 오늘은 어떤 전화도 받기 싫다. 조마조마하고 위태한 신경으로 보낸 9일의 예감이 전화를 받지 못하게 한다.

데크에서 본 하늘은 오늘도 파랗다.

물고기 한 마리가 구름 위를 가로질러 날고 있다.

죽음은 나에게서 떠난 적이 단 한 순간도 없다.

중첩重疊.

하늘의 쇠 물고기와 물속의 물 비행기가, 죽음과 탄생이, 선과 악이, 허구와 실재가, 아폴론의 빛의 이성과 디오니소스의 술과 광란의 도취가, 먼지와 우주가 둘이 아니라 중첩되어 있음을 일찍 알았더라면 보다 안심安心이

깊었을 것이다. 그러나 그렇다 해도 눈이 떨구는 눈물과 실수로 쏟아진 커피에 대한 회한과 자책이 달라지지는 않는다. 눈은 제 할 일을 한 것이었고, 커피는 쏟지 말아야 했다. 안심을 부르는 중첩은 포개진 무한한 하나여서 둘이 아니고, 각자의 것에 속할 수 있어 무진장의 하나 같은 둘인 까닭이다.

더불어 죽음은 때가 되면 붉게 익어 태양처럼 빛날 뿐이다. 우리는 눈 한 송이만큼이라도 맞설 수 없는, 거대한 태양이 된 죽음을 그저 눈부시게 바라볼 뿐이다. 너무 눈이 부셔 눈이 감기고, 감긴 눈으로 스스로 캄캄하다고 생각한 죽음을 안고, 죽음이 된 내가 땅에 누울 뿐이다.

알도는 사티에게 팔베개를 해주었던 거실 한 가운데 그대로 누웠다. 예전처럼 투명한 천장에서 빛나던 태양 주위에 별들이 보이지 않는다.

인터넷 전화의 벨 소리가 멈추지 않는다. 공간을 난폭하게 휘젓는다. 이 집의 주인인 사티는 부재중이다. 알도는 처음으로 주인 대신 인터넷 전화를 천천히 집어 들었다.

여보세요?

도화선에 불이 붙은 지 9일.

불꽃을 튀기며 타들어 가더니 드디어 폭음소리가 귀를 찢는다.

통증도 느낄 수 없다.

허공이다. 발이 땅에 닿지 않는다.

지겹도록 보았던 새파란 하늘에 천진한 흰 구름이 베란다 창에 바짝 붙어 뭉실뭉실 흘러간다. 구름이 춤을 추면 파란 하늘은 플로어가 돼줄 수 있을 뿐이다. 발바닥을 피나게 비비고 엄지를 세워 턴, 할 수 있게 해주는 그 바닥.

그녀가 흩어진다.

덧없이…무정하게…의리 없이….

튀김

그녀는 하얀 몸으로 누워있다.

하얀 시트에 덮여 흰 구름이 되어 흘러간다.

알도가 정신을 차리고 사티를 찾아간 곳은 그녀의 아버지가 계신 병원 요양소의 부속 건물인 장례식장 시신 안치소였다.

그녀가 새벽에 눈을 떠서 가장 먼저 떠오른 것은 튀김이었다. 그리고 그녀는 아버지에게 전화를 걸었다.

차의 시동을 걸었다.

그녀가 아버지의 영상을 보고 왜…왜…왜를 혼자 중

얼거리며 집요하게 묻더니, 그 대답을 들으러 따지러 간 것일까? 아니면 자신이 쓴 글대로 사랑을 깨닫게 해주러 간 것일까? 그도 아니면 무엇이든 바꿔어보고 싶었던 걸까?

그녀가 요양소 앞에서 정면충돌한 차량은 달래 할머니 집 앞에서 보았던 그 앰뷸런스와 닮은 차량이었다. 붉고 파란 경광등을 트리처럼 발광시키며 알콜릭 환자를 싣고 달리는 응급하게 바쁜 차량.

아버지가 계신 요양소 바로 앞에서 그녀는 예정된 길로 들어섰다. 그녀의 차 안에는 갖가지 튀김들이 널려 있었다. 누군가 뿌려놓은 것처럼 많은 양이었다. 차 시트에서 구르던 오징어 튀김, 고구마 튀김, 고추 튀김, 왕새우 튀김들이 '보여요, 아버지?'라고 묻고 있었다.

알도는 요양소 보호자 대기석에 앉아 직원들에게 건네받은 사티의 휴대폰을 열어보았다. 거기에는 아버지가 보낸 동영상 메시지가 도착해 있었다. 알도는 어제 사티의 휴대폰에서 '거룩한 자'의 연락처를 찾아냈고, 수신거절되어있는 거룩한 자를 그녀의 휴대폰 목록에서 해제

시켰다. 그리고 그녀의 아버지가 계신 요양소를 찾아가 사티의 연락처를 몇 번씩 강조해가며 가르쳐 주었다. 알도는 선명하게 기억한다. 눈빛이 흐렸던 아버지가 딸 이야기에 확연하게 반색하는 표정을 지었다는 사실을.

사티의 휴대폰에 도착해 있는 아버지의 동영상을 플레이시켰다. 곧바로 웃음을 잔뜩 머금은 아버지가 튀어나왔다.

"네가 갑자기 오늘 새벽에 전화해서 온다기에 깜짝 놀랐다. 내가 살아생전 널 보는 게 꿈만 같아서 말이야…이게 꿈이니 생시니…흐흐흐…오늘 내가 우리 딸을 만날 운명인지 오랜만에 정신이 아주 좋구나…여기 직원들이나 흉보는 소리까지 다 알아듣는다니까, 지금 하하하…그래도 그게 나한테는 최고 축복받을 일 아니냐. 그래서 이렇게 산책도 나왔다…너에게 줄 것도 없는데 마침맞게 볼거리가 생겼구나…우리 딸한테 보여줄라고…천천히 오거라…이거 보이니?"

휴대폰 화면에는 완전히 무너져 내린 자동차가 정물처럼 놓여있었다. 차량의 반이 무너져 내린, 들개가 삐약이의 반을 물어 뜯어버리고 남은, 나머지 반과 같은 형상이었다.

쉬지 않고 플레이 되는 영상은 사티의 자동차 사고 현장이었다. 사티의 차는 운전석 휀스가 완전히 무너져 내린 상태였다. 119가 아직 도착하기 전이라 요양소에서 나온 일부 직원들이 수습하는 중이었다.

화면에는 사티의 아버지가 환한 웃음으로, 딸에게 조금이라도 더 재미있는 영상을 보여주느라고 안간힘을 쓰고 있었다. 아버지와 뭉개진 차량이 동시에 나올 수 있도록 카메라와 사고 난 차량을 번갈아 가며 바라보며 각도를 맞추었다. 처참하게 훼손된 차량은 여러 각도에서 정성껏 촬영되어 있었다. 화면 속, 아버지는 현장의 취재기자처럼 목소리가 들떠있었다.

"차를 저렇게 급하게 몰면 안 되지요…우리 딸은 절대 저렇게 운전하면 안 됩니다…내가 널 그렇게 안 가르쳤다. 알지?…어이구 저…피…피 흘린 것 좀 봐라…머리가 완전히 깨져부렀네 그래…어이구 아픈 것도 모르고 황천길 갔겄구만…어차피 갈 거믄 차라리 잘된 것이지 암…우리 집 귀한 딸이 놀랄까 봐 안 되겄다. 여기까지! 이따가 보자…우리 딸…꼭…꼭 운전 조심허고…."

화면은 거기까지였다.

알도는 사티의 아버지가 있는 병실로 올라갔다. 말끔하게 양복으로 차려입은 아버지는 자신이 촬영한 동영상을 이 사람 저 사람 구경시켜주느라 신이 나 있었다. 알도는 한껏 들떠있는 아버지를 뒤로하고 돌아섰다.

알도는 사고 현장의 도로 옆, 인도 턱에 주저앉았다.

부서진 차량은 이미 견인차에 의해 사라진 뒤였다. 사고가 난 도로에는 흰 스프레이만 선명하게 그어져 있었다. 사고 난 차량의 테두리 형태 그대로였다. 알도가 도로 위에 있는, 흰 스프레이로 그려진 사티의 투명한 차를 바라보았다.

사티는 굵고 노란 중앙선 위를 가로질러버린 테두리 안에서 홀로 서성이고 있었다. 알도를 발견한 사티는 무슨 말인가를 하려고 애를 썼지만, 입은 끝내 열리지 않았다.

알도는 말하지 않아도 다 알겠다는 듯, 사티를 향해 고개를 계속해서 아주 크게 끄덕여주었다.

알도가 벌떡 일어섰다. 바지 주머니에 손을 넣어 바로

크 진주를 움켜쥐었다.

흰 테두리 안에서 초조하게 서성이는 사티를 안타깝게 바라보던 알도는 다시 인도 턱에 무너지듯 주저앉았다. 진주를 쥔 주먹을 주머니에서 꺼내 바라보았다. 그리고 쥐고 있던 손을 만개하는 꽃망울처럼 활짝 펼쳤다. 놓여난 진주가 손바닥에서 굴러 떨어졌다.

톡 토로로로~

경사진 아스팔트 도롯가를 도르륵 도르륵~ 소리를 내며, 진주는 절로절로 굴렀다.

다시 일어선 알도는 사티가 골라 주었던 뒤축은 꺾이고 표면은 우둘투둘한 갈색 소보루빵을 닮은 랜드로버를 고개 숙여 바라보았다. 아주 오래 몸뚱이를 실었던 신발에는 그 사람의 운명이 짙게 배이게 된다는 사티의 말이 귓가에 맴돌았다.

인간이 짐승 되어 가는 운명이라고 했던가?

아니면 짐승이 인간이 되어 가는 길을 걸을 자라고 그랬던가?

알도는 이쪽과 저쪽을 명확하게 나누어 놓은, 경계를 침범하는 순간 돌팔매를 맞아야 하는 노란 중앙선을 향해 성큼성큼 걸어갔다. 그리고 갈색 소보루 빵을 닮은 랜드로버의 밑창을 도로에 치댔다. 흰 스프레이 자국은 짙고, 뚜렷했다.

이내 갈색 소보루빵 랜드로버 밑창에서 열이 났다. 그래도 멈추지 않았다. 뒤축이 꺾인 랜드로버는 자꾸 벗겨졌지만, 알도는 운명을 향해 달리는 전사처럼 랜드로버를 다시 자신의 발에 끼워 신기를 반복했다. 필사적으로 아스팔트 바닥에 화인처럼 찍힌 흰 선을 지우려고 치대고 또 치댔다.

마치 지금, 자신의 발에 걸려 있는 소보루빵 랜드로버로 흰 스프레이를 끊어 투명한 자동차에 갇혀 한 걸음도 밖으로 나오지 못해 안달하는 사티를 끌어내어, 모든 그어진 선으로부터 탈출시켜주려는 심산인 것 같았다.

알도의 손에서 떨어져 나온 바로크 진주는 빗물이 흘러 하수도 맨홀로 빨려 들어가듯, 지금 막, 철로 만든 빗물받이 맨홀 사이 허공으로 빨려 들어가고 있었다.

사티가 술을 가지러 냉장고로 향할 때 중앙선을 탈선하지 않으려고 애썼던 것처럼, 알도 또한 위태한 몸짓으로 흰 스프레이 자국을 지우려 애쓰며 막, 노란색 중앙선을 밟았을 때였다. 문득, 중앙선 너머 건너편으로 뒤축 꺾인 왼쪽 소보루빵 랜드로버가 맨발을 빠져나갔다. 그 갈색 랜드로버를 무심코 다시 발에 끼워 넣으려고 선을 침범한 순간이었다.

!!!

알도 쪽을 바라보던 사티가 절망적인 눈빛으로 고개를 깊게 떨궜다. 사티의 시선이 머물렀던 곳으로 알도가 고개를 돌리는 순간, 날카로운 브레이크 쇳소리와 함께 몸뚱이로 둔탁한 얼얼함이 퍼져나갔다.

공중,
한 삶의 피날레

그때, 알도의 시선에 가득 밀려온 풍경은, 어제의 그

질리도록 익숙한 새파란 하늘이었다.

오늘도 쇠로 만든 큰 물고기 한 마리가 넘실대는 파란 파도를 타며, 꽤나 행복한 표정을 지어 보이며 지나가고 있다.

점점 파란 하늘과 가까워지던 알도가 그 물고기를 잡아보려고 있는 힘껏 손을 뻗었다.

급브레이크 소리에 놀라 고개를 돌려 그 광경을 바라보던 사람들의 동공에 알도가 확대되어 들어왔다.

땅을 딛고 바라보던 사람들의 눈에는 높게 하늘로 떠오른 알도가 마치 새파란 하늘 바다에서 헤엄을 치고 있는 것처럼 보였다.

알도의 오른편에 남아있던 뒤축이 꺾인 소보루빵 랜드로버 한 짝이 허공으로 높게 날아오르더니 흰 스프레이가 그려진 사티의 차 밖, 저 먼 건너편으로 휘돌아 떨어져 날아갔다. 다시 맨발이 된 알도의 발은 여전히 붉고 우악스러웠다.

파란 하늘을 유영하던 맨발의 알도 얼굴에 얼핏 미소

가 스쳤다.

선도 형!이었다. 오른쪽 뺨에 손톱자국이 세로로 선명하게 나 있는, 내 형!

알도를 놀란 눈으로 쳐다보는 사람들 뒤로는 선도뿐만 아니라 아주 익숙한 얼굴들이 알도를 바라보고 있었다.

엄마, 아버지, 삼촌과 자명종 두봉이 그리고 따듯하게 다가왔던 노포 같은 옛 인연들과 잊지 못할 친구들…. 그들의 놀람과 안타까움의 시선을 알도는 낙하 중에도 느낄 수 있었다. 그러나 그런 따듯한 눈으로 바라봐 주었던 그들에게 정작 가려진 눈으로, 냉랭한 짐승의 눈빛으로만 대했던 것은 분명 자신이었다.

그들의 진심 어린 말 한마디, 행동 하나하나가 얼마나 큰 애정이었는지 깨닫지 못하고 소홀히 대했던 날들, 너무나 당연한 권리로만 받아들인 오만했던 순간들….

알도가 사티를 안타깝게 바라보는 마음을 배우기 오래전부터 아주 먼 어느 곳, 어느 골목 귀퉁이, 그리고 누구보다 가장 가까운 곳에서 자신을 바라봐 주었던 사람들이었다.

이제 그들은 하나같이 꽉 쥐고 있던 손을 활짝 펼쳤

다. 빈손이 된 그들의 손에서 진주가 굴러 떨어졌다. 모두 다 낯익은 색감의 바로크 진주였다.

톡 토로로로~

아스팔트 도롯가를 도르륵 도르륵~ 소리를 내며, 여러 개의 진주들이 앞서거니 뒤서거니 절로절로 굴렀다. 철로 만든 빗물받이 맨홀 사이 텅 빈 허공을 향해 가고 있다.

알도의 눈에서 솟은 물기가 눈꼬리 벽면을 타고 아스팔트 바닥으로 뚝뚝 떨어져 내렸다.

알도가 파란 하늘을 헤엄쳐 흰 스프레이로 만든 투명한 차 안으로 낙하했다.

알도는 자꾸 감기려는 눈을 힘겹게 밀어 올렸다. 구르는 바로크 진주들을 벅차게 바라보았다. 알도는 다시 고개를 옆으로 천천히 돌렸다. 사티가 늘 보던 익숙한 자세로 누워있었다. 알도는 왼팔을 뻗어 사티의 어깨를 둥글게 감싸 팔베개를 해주었다. 사티에게 팔베개를 해주는 순간, 그녀의 입에서 아주 길고 긴 하품이 흘러나왔다. 그녀도 이제 아주 깊은 잠이 들려나 보다.

그때였다. 금속의 물고기가 막 지나간 파란 벽지의 하늘 천장에서 물이 떨어져 내리기 시작했다. 알도가 흘린 물기가 마중물이 된 겨울 소낙비였다.

차가운 빗물이 눈에는 보이지 않는 벽면을 타고 흰 스프레이 선명한 아스팔트 위로 세차게 쏟아져 내렸다.

소보루빵 랜드로버가 지우지 못한 저 견고한 사각의 흰 격자무늬를 겨울 소나기가 대신 지우려 한다. 소나기는 더불어 알도와 사티까지 지워내려는 것 같다. 두 사람 사이의 투명한 벽면을 타고 겨울비는 계속 기세 좋게 퍼부었다.

소낙비는 남자와 여자의 몸을 씻어냈다. 두 사람의 모든 핏빛 얼룩과 깊이 뿌리 내린 오물과 차마 버리지 못한 찌꺼기를 남김없이 바닥으로 쓸고 내려가 맨홀을 향해 흘러간다.

알도는 옆으로 몸을 돌려 취한 듯 하품을 하는 사티를 꼭 끌어 안아주었다. 이내 투명한 벽은 사라지고 그녀의 황금빛 지퍼처럼 두 사람은 사이 없이 맞물렸다. 하나의 문이 된 두 사람은 이제 같이 열리고, 함께 닫힐 수 있게 되었다. 알도가 그녀에게 기역니은이나 에이 비 씨 알파

벳이 아닌, 지상에서는 들어볼 수 없는 언어로 속삭였다.

아마도 이 겨울비를 뚫고 알록달록한 타르초를 닮은 옥춘사탕을 먹으러 가시리 화장장으로 가자는 제안일 것이다.

지상에서 가장 높고,
쉬고 또 쉴 수 있는 휴헐休歇의 둥지에서
두 사람이 함께 쓴 9일 간의 대본을
휘몰아치는 북풍과 차디찬 겨울 소낙비가 맹렬히 읽어준다면
새빨갛게 물든 입술로 나란히 함께 들어 볼 계획인 것 같다.

추워 보이는 맨발의 알도에게 사티가 팔을 뻗어 처음으로 팔베개를 해주려 하고 있다.

그때, 옆으로 몸을 돌리던 사티의 주머니에서 구슬 하나가 툭, 굴러 떨어졌다.

톡 토르르르~ 토르르르~

사티의 팔에 머리를 누이던 알도가 꽤 오래되어 보이는 그 구슬을 주워들었다.

그 구슬은 이제껏 보지 못한 색다른 형태의 기묘한 색감이었다.

작가의 말

본문보다 작가의 말 쓰는 것이 훨씬 힘들다. 본문은 픽션이어도 되지만, 작가의 말은 리얼이고 본심을 말해야 한다는 은근한 강박 때문일 것이다. 이 백지의 공백이 '실제이고 확실한 진짜'인 리얼로 채워져야 한다니…. 작품을 쓴 소회를 진심으로 표현한다는 것이 영 익숙지 않다. 아이들에게도 아빠의 말은 90%가 허구라고 고백하는 마당에 무슨 진심을 말할 수 있겠는가 싶다. 앞선 전작들 작가의 말은 본문보다 쉽게 그럴듯하게 썼지만, 이번 작품 앞에서는 몇 날 며칠을 못 쓰고 있다가 이제야 힘겹게 자판을 두드린다. 사실 내 삶마저도 실재인지 환상인지 병적으로 자주 의심스러운데, 어떤 본심을 드러내 말할 수 있겠는가.

모쪼록 이번 작품은 술 이야기니 많은 분께 흥미롭게 읽히기를 바라고, 또 가족 이야기이기도 하니 공감의 고개가 끄덕여지기를 기대할 뿐이다. 더불어 본문에 숨어 있는 스토리상의 재미난 퍼즐을 발견한다면 그 또한 형편 닿는 대로 즐겨보시길 권한다. 이번 작품은 직접 읽어보시기를 추천하며 일체 내용에 대한 언급을 지양하려고 한다.

마음 같아서는 이 책이 프랑스나 미국의 서점 매대에 깔렸으면 하는 바람이 있다. 머지않아 그 소망이 이루어질 것을 믿고, 만에 하나 굳센 믿음에도 안 된다면 할 수 없이 그다음 책을 열심히 써보겠다는 다짐을 남긴다. 그리고 빼놓고 싶지 않은 인사가 있다. 이 책을 선뜻 출간하겠다고 나선 손 대표님에게 감사의 마음을 전한다. 앞뒤도 안 돌아보고, 밑도 끝도 재보지 않고 못난 저자의 책을 항상 3초도 걸리지 않는 순간에 출간을 결정해 주어서 고맙다. 그만큼 많은 부담이 느껴진다. 작가로서 큰 응원의 힘도 느껴지지만, 이 힘든 출판시장에 돈키호테의 마인드를 가진 출판사도 걱정이 좀 된다. 과도하게 진지한 세상에 이런 작가와 출판사를 눈 밝게 봐주시는 독자분들이 있으실 것이라는 믿음으로 작가의 말을 갈음하고자 한다. 고맙습니다.

고기리 글방에서

내 마지막 몸무게

1.8kg

1판 1쇄 2021년 10월 18일
지은이 이형순
펴낸이 손정욱
마케팅 이충우
디자인 이창욱
펴낸곳 도서출판 답
출판등록 2010년 12월 8일 제 312-2010-000055호
전화 02.324.8220
팩스 02.6944.9077

이 도서의 국립중앙도서관 출판예정도서목록(CIP)은 서지정보 유통지원시스템 홈페이지(http://seoji.nl.go.kr)과
국가자료 종합목록 시스템 (http://www.nl.go.kr/kolisnet)에서 이용하실 수 있습니다.

ISBN 979-11-87229-39-1 03810
값 14,800원

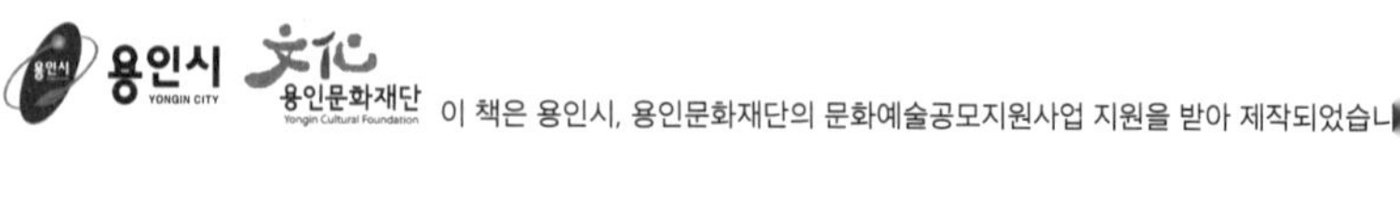

이 책은 용인시, 용인문화재단의 문화예술공모지원사업 지원을 받아 제작되었습니